CONTENTS

登場人物紹介

三原《みはら》 雫《しずく》

お座敷学園に通う女子高生。競馬の家計に生まれ成績で悩むおしとやかな和風美人。

武里《たけざと》 真愛《まな》

お座敷学園に通う女子高生。競馬分析ソフト「当てる君」の開発者。天才と呼ばれている。

さな

Alisa projectで活動するUMAJOセレブのシングルマザーアイドル。夢馬券的中からさな師匠と呼ばれる。

童夢《どうむ》 志保《しほ》

お座敷学園に通う女子高生。努力家で熱血漢の彼女を支持する者も多く、努力で成功を掴む。

チェリーローズ

お座敷学園中等部に在籍。ローズ財閥の次女で才能に満ち溢れ、自らが神であるという。

プリムローズ

ローズ財閥の長女。お座敷学園に通い容姿端麗・成績優秀の優等生。

IMAI

グラビアUMAJOアイドルとしてAlisa projectで活動している。スタイル抜群の女子大生。

山口《やまぐち》 亜子《あこ》

お座敷学園に調教師見習いとして通う女子高生。馬の気持ちがわかるよう馬の着ぐるみを着ている。

CHARACTERS

秋山《あきやま》 桜《さくら》

ヴィーナス学園に通う女子高生。学園競馬全国最上位の名手で初の無敗記録保持者。紫彩と幼馴染。

海老沢《えびさわ》 冴子《さえこ》

お座敷学園の教師。真愛たちの担任で競馬道学部の顧問もしている。

結野《ゆいの》 紫彩《しあや》

ヴィーナス学園に通う女子高生。騎乗スタイルが大逃げから[大逃げの猫姫]の愛称を持つ。

島崎《しまざき》 利絵《りえ》

朱龍学園に通う女子高生。放送部ながら抜群の騎乗能力を認められ競馬道にも励んでいる。

ことり

突如、雫が話をしていた少女。

池田《いけだ》 里美《さとみ》

朱龍学園で学年上位の優等生。調教師をしている。ハスキーボイスにコンプレックスを持つ。

2代目ありさ

Alisa projectのマスコットキャラ。かぶり物をかぶってアイドル活動する。中の人は不明で秘密。

ターフのカノジョ　武里真愛編

―紅い未来―

STORY 1

新たな人生の幕開け

まぶしい朝日がまだ寝ぼけ眼の私の顔を照らし出す。私が眠かろうが眠くなかろうが、変わらず夜明けはやって来る。私がいいと言おうが言うまいが、また日は昇る……。私はのそのそとベッドから起き上がり、かわいらしいウマ柄のカーテンを開けた。最上階にあるこの部屋はいつもながら素晴らしい見晴らしだ。

鳥が飛び交い、地上には草原が広がる。いつもと変わらぬ朝の風景。

「お？　今日は2人いる……」

ウェーブがかかった紫髪の女子生徒と、もう一人黒髪ショートの女子生徒が目に入った。赤毛の馬にブラッシングしながら、何やら話し合っているようだった。

私もそろそろ着替えて登校しないと……。私はカーテンを閉める。急いで制服に腕を通す。着替えの終わった私は、部屋にある冷蔵庫からアイスコーヒーを出して机に座った。私はいつも登校する前に一服入れることにしているのだ。まったく変わらぬ毎日だな。

「私は競馬が嫌いだ」

そう言ってアイスコーヒーに口をつける。これも毎朝の日課だ。こうして私の１日が始まるのだ。

「よぉ！　おはよー!!」

「ん？　あぁ童夢か……」

「相変わらず不愛想な返事だなぁ～」

金髪ショートの女生徒がいかにも活発そうな声で挨拶してきた。この元気はつらつ金髪女子の名前は童夢志保。意外と有名な女子高生だ。わが校の特色は最近流行の競馬道を専攻できる点だ。そして目の前の童夢こそが、この学園の競馬道ナンバー２である。競馬道とは遥か昔から伝えられている武道の一つ。流鏑馬《やぶさめ》や乗馬に適した馬についで選定する能力を競うもので、近年では国が認めたことをきっかけに数多くの学校に取り入れられている。流行《はや》りといえば流行りなのだ。しかし……。私はため息をつく。私にはまるで興味がない……。私は競馬が嫌いなのだ。こんな競馬嫌いの私が、この競馬道学部に在籍しているには理由がある。それは、わが校『お座敷学園』が私の学費と研究費を負担してくれているからだ。もちろん、一般の生徒からは学費を取っている。特待生として私を特別扱いしてくれているのだ。悪い条件ではない。学校の最上階フロアは私のような特待生用の寮となっている。お座敷学園はレトロな外観からは想像もできないような先進的なスタイルの学校だ。不意を突く意外性のあるところも、この学校に魅かれた理由の一つである。

そうこうしているうちに教室に到着する。クラスメートたちが一人の女生徒を囲んで話をしていた。人の輪の中心にいるのは金髪ツインドリルの髪を得意げに揺らす少女。容姿端麗、成績優秀。彼女こそがわが校の競馬道学部の最優等生であるプリムローズだ。幼少期からイギリスと日本を行き来する英才教育で育てられた彼女はお嬢様中のお嬢様だ。童夢とは犬猿の仲というよりライバルという関係だ。ただ……おっと、始まった……童夢がプリムローズの前に立ち口を開く。

「プリム！　トップロードステークスの出走権はあたしがいただくよ」

挑戦的な言葉がプリムに飛ぶ。プリムはすかさず応じる。

「ＯＫ！　ＳＨＩＨＯ、勝負デース！」

クラスメートたちから歓声が上がる。残念ながらその直後にチャイムが鳴ったため、童夢とプリムの出走権獲得バトルは開催されなかった。正直、彼女たちのこういった小競り合いは日常茶飯事だ。夫婦漫才程度にしか感じない。なんにせよ、学園ナンバーワンを目指すことは良いことだ。『学生時代の青春』というものか……。一生に一度の学生時代。悔いが残らないように過ごすことは大事なことだ。

しかし……私はまるで興味がない……。

生徒全員が着席した頃、扉の開く音が教室に響いた。いまさら誰だとクラスメートたちの視線が集まる。慌てた様子で入室してきたのは二人の女生徒だった。そう、今朝草原で話をしていたあの二人だ。飼育係兼調教師の卵であるウェーブがかかった紫髪の山口亜子と黒髪ショートの三原雫だ。遅刻は免れたようだ。草原などでなく、教室に来てからゆっくり話をすればいいものを……。私はいつだって否定的かつ効率優先な考え方しかできない。そんな私の趣味は研究と分析だ。根暗な趣味と思われがちだが、そうでもないと思っている。身体運動ではなく、脳を使った遊びが好きだともいえるだろう。これはインドアな研究趣味への言い訳でもあり、心からの私の本音でもある。答えを求め極限まで追求する。私の青春はそれだ。

私は昨年競馬の分析ソフト「当てる君」というものを開発した。競馬には複数の「馬券種」と呼ばれる買い方、つまり馬の選び方がある。その中でも一番簡単なものが「複勝」と呼ばれる馬券で、選んだ馬が3着までに入賞すれば的中となる初歩的な馬券だ。しかしその初歩すらも的中させることが困難であるのが競馬である。その困難な競馬で私は実績を残すことができた。分析ソフト「当てる君」を開発し、的中率70%という実績が学会で認められ私は特待生扱いをされるようになった。データ計算式については教えられないが、過去実績、枠番、馬場状況といった数々のデータを入力することにより、そのレースで最も有力つまり入賞率の高い馬を選定することができる開発に成功した。そしてプログラミングを行い、データベース化できたものを発表した。その発表会の時こそが、今までの人生で一番緊張し感動した時だった。

「武里真愛さん、高確率で競馬を予想できるソフトの開発に成功したというのは本当ですか?」

「どのようなソフトですか?」

マスコミに囲まれる私。一時の沈黙の後、私は口を開いた。

「私は馬匹《ばひつ》の能力及び競争条件を数値化し、計算式に当てはめることにより個々の馬の能力をデータ化する研究をしております。その成果がこの分析ソフト『当てる君』です」

背後のスクリーンに「当てる君」の映像が表示された。

「このようにデータを入力していくと、計算式により数値が計算されます。この数値の一番高い馬が有力馬であるという研究内容です」

マスコミは立て続けに質問をしてくる。フラッシュの中、私はマスコミに可能な限り丁寧な回答をした。学会発表が終わり、会場を出ようとした私に一人の女性が話しかけてきた。

「武里真愛さんですよね？　会見を拝見いたしました」

私はその女性を上から下までじっくりと観察した。スーツ姿で落ち着いた話し方。どうやら教師ではなさそうだ。

「私に何か用ですか？」

つっけんどんな返事をする。それが私だ。

「あなたのソフト『当てる君』を買わせていただきたいわ。提示条件があるならば、なんでも言ってちょうだい」

女性は真剣なまなざしで話しかけてくる。

「ごめんなさい、申し遅れましたわ。私は株式会社ＯＦＭＡ代表の竹下真樹です。アイドルユニット Alisa project 等を手掛けております」

「え！」

私はあまりの驚きに動揺を隠せなかった。なんと、企業からの交渉……！　この学会で発表した私の研究内容に、いち早く目をつけて交渉に来たわけだ。並の会社ならば二つ返事でお断りするのだが……私は即断できなかった。

「『当てる君』を買うというよりも、当社の専属研究員、もしくは契約社員になっていただけないかしら？」

専属研究員……スポンサー契約……さまざまな誘惑が脳裏をよぎる。

「もちろん、今後あなたの研究にかかる費用も当方が負担いたしますわ」

悪い話ではない……。

「すみません。少し考えさせてください」

私は精いっぱいの返事をした。なにぶん急すぎて、これ以上今はとても考えられない。

「そうね、すぐに返答をいただけるとは私も思っておりませんわ。ぜひ、ご検討を」

「わかりました」

「では、こちらに返事をいただけると助かるわ。よろしくね、武里さん」

竹下社長はフレンドリーに名刺を渡すと去っていった。

研究室に戻った私は考え込んでいた。竹下社長か……。幼さの残る童顔だけが網膜に焼き付いている。しかしながら、企業は動くのが早い。早くも、私の研究成果「当てる君」に目をつけてきたというわけだ。名刺の会社をインターネットで調べてみる。株式会社ＯＦＭＡ……。金融関連から芸能事務所、その他物販……。多岐にわたった多角経営を行っている。

「ブイブイ言わせてる会社だな。そんな華やかな会社と陰で生きる私とはまるで無縁だな」

私は断ると胸に決めた。翌日の昼休みに名刺の番号に電話を掛けた。

「もしもし、武里といいます。竹下社長はおられますでしょうか？」

「お待ちください」

パカラッ、パカラッ。馬が駆け寄ってくる保留音が流れる。ヒヒーン！　しばらく待つと電話がつながった。

「もしもーし！」

元気な声が聞こえてきた。

「竹下社長ですか？」

「違うよ！　おねーちゃんは今外出中です。どのようなご用件ですか？」

おねーちゃん？　なんだこの会社は？というよりも、妹が秘書なのか？　仮にも一企業の対応がこんなことでいいんだろうか？

「学会でのお返事をしようと思い、電話しました」

「学会？ってことは真愛ちゃんだよね？　話は聞いてるよ、すごいじゃん『当てる君』」

「当てる君」が話題になっているということはなんだか不思議だが、悪い気分ではなかった。

「真愛ちゃん、賢いんだ！　あたしいつも三連単買うんだけど、なかなか当てるの難しいよね！」

「三連単……的中は不可能に近い馬券ですよ」

三連単とは3頭の馬を選び、1着、2着、3着と着順まで予想を立てる買い方だ。見事そのとおりの着順でないと的中とならない一番高度な馬券である。高配当であるだけあって、的中は極めて難しい馬券である。しかしこれが競馬の醍醐味で、高配当目当てにこの馬券を購入する人は少なくない。夢の万馬券、いや千万馬券もこの馬券種から配当されている。100円で購入した馬券が何百、いや何千倍にもなったというニュースを聞いたことがある人もいるだろう。三連単は私にとって興味深いものである。うっかり乗せられてしまった。いけないいけない、私は競馬の話がしたいんじゃなくて。

「せっかくのお話ですが、お断りさせていただこうと思い電話しました」

私が切り出すと、電話口の女性が悲鳴を上げた。

「えー!!　いい話なのにもったいない！　まあ、断るんなら直に話してみたら？　夕方ならおねーちゃん帰ってくると思うし」

「では夕方にかけ直します」

電話の向こうの相手は慌てた様子でこんなことを言った。

「あ、待ってよ！　これも何かの縁だし、うちの会社においでよ！　名刺の住所でわかるじゃん」

えらく積極的だ。私はこう返事してしまった。

「わかりました。予定が空いていますので、お伺いいたします」

こう答えた後に早速私は後悔した。こんなの合理的ではない。まったくの時間の無駄になるに決まっている。

「ＯＫ、ＯＫ！　あたしはさな。よろしくね☆」

電話を切った後、私は完全に乗せられたことに反省した。あのさなって人、随分巧みな話術を持っている。いったいどんな人なんだろう？　他人に興味を持たない私なのに、珍しく興味を引かれた。

夕方、名刺に書かれた住所に向かった。そこに立っていたのは、立派で都会的な高層ビルだった。驚いた……。ガチの大企業じゃないか。

「すごいビルだなぁ……」

確かに芸能事務所も持っているくらいの企業であれば、これぐらい立派な会社でもおかしくない。入り口の前で空を仰いでいた私は声をかけられた。

「ヘイ！　ＭＡＮＡ！　ここで何してるデスカ？」

聞き覚えのある声だ。振り返ると、一台の黒い高級車が止まっていた。後部座席に座っていたのは……クラスメートのプリムローズだ！

「あぁ、お嬢か。少しやぼ用があってな、ここに来たのさ」

冷静に私は返答する。プリムローズは合点がいったように、楽しげな声を上げた。

「Ｏｈ！　オーディションを受けに来たのデスカ？　応援してるデース！」

プリムの言葉に私は驚く。

「オーディション？」

プリムが入り口に立てられた看板を指さす。

［アイドルユニット新規メンバー募集　オーディション会場は３Ｆ♪］

プリムは至って真剣なまなざしだ。私はため息とともに尋ねた。

「お嬢……私のどこにアイドル要素があるっていうんだ？」

プリムは窓から身を乗り出して声を張り上げる。

「ＭＡＮＡはＣＯＯＬネ！　頭も良いノデ、きっとＮＩＣＥな芸人になれるデース！」

私は硬直した。

「げ、芸人……」

「ＭＡＮＡ！　頑張るネ！　プリムは応援しているデース☆」

手を振りながら笑うプリム。走り出した車は小さくなっていき、やがて見えなくなった。

「芸人か……」

私と最も遠い世界の職業だな……。自動ドアから社内へ入ると、受付嬢が話しかけてきた。

「いらっしゃいませ。どちらへ御用でしょうか？」

品のある口調。さすが受付嬢といったところだ。電話のさなさんとは大違い。

「竹下社長にご挨拶したいのですが」

「失礼ですが、どちら様でしょうか?」

「武里です」

受付嬢は内線番号をダイヤルし、受話器を耳に当てた。そんな細かいしぐさにも品を感じる。

「社長、受付に武里さまがお越しになられております。いかがいたしましょう?」

竹下社長が電話に出たようだ。受話器を置いた受付嬢は私にこう伝えた。

「こちらのエレベーターより7Fへ上がってください。正面の部屋が社長室となっております」

「ありがとうございます」

私はエレベーターに乗り、指定されたフロアへ向かう。ただ勧誘を断りに来ただけなのに、ものすごい緊張感だ。なにしろ相手は大企業の社長だ。無理もない。7Fについた私はエレベーターを降り、正面の扉をノックした。

「どうぞ!」

凛とした声で入室を促され、私は扉を開けた。社長室にはきれいに机が配置され、天井からはシャンデリアがぶら下がっていた。社長室であるはずなのに、他にも女性が席に着いて仕事をしている。オフィスと呼んだ方が適切かもしれない。竹下社長は、正面の大きなデスクからこちらを見ていた。

「こんばんは武里さん！　よくいらしてくださいましたね。先日のお返事を聞かせていただけるのかしら。まあ、こちらへどうぞ」

社長は向かい合わせのソファへ私を導いた。私は早速竹下社長に回答を伝えようと前かがみになった。

「先日のお誘いなんですが、私なりに考えました結果……」

ここまではすんなりと言葉になった。さあ、断っていいものなのか？　いざとなると気持ちが揺らぐが、私は断ると決めたのだ。今まさに私が辞退の言葉を発そうとした時、後ろの席から、

「お断りしま～す」

電話で聞いたあの声だ！　私は振り返り、視界に入ったチャイナお団子の女性を凝視する。

「勝手に答えないでください！」

「さな！　私たちの会話に入ってこないでちょうだい！」

あの女性が電話口で話したささなさんなんだ！

「おねーちゃん！　あたしは武里さんの返事を知っているから代弁しただけだもの☆

でしょ？　武里さん」

すました顔で話を進められる。私は確かに断ろうと思い、ここへ来た。でも他人の意見で自分に関わる物事を決められるのは、私の性格的に面白くない。

「武里さんの口から答えが聞きたかったな、私は。でも、さなの言葉に間違いないのかしら？」

竹下社長は私を見つめながら尋ねた。私の意見を差し置いて勝手に回答されたことに納得いかず、腑《はらわた》が煮えくり返る。私にとって一番嫌なことをしてくれる、あの女。

「武里さん、趣味は何かしら？」

さなの無礼を取り成すように竹下社長が話しかけてくる。

「趣味ですか？　私は研究が好きです」

「研究というのは、主にどのような分野かしら？」

そうだ。私が話に来た相手は竹下社長だ。さなさんのことなんか気にする必要はないんだった。

「特に分野は決めていませんが、パソコンを使用する研究スタイルを好んでいます」

その返答を聞いた竹下社長は表情を和らげた。

「武里さん、株式投資はご存じかしら？」

「株式投資？」

思わずオウム返しする。なんだなんだ。研究と株式投資に何の関係があるんだ？

「そう、株式投資。企業の業績や経済状況、そして今後の将来性等を考慮して行う投資よ」

経済状況や企業？　いきなり何の話かと思えば、女子高生とは無縁の話題じゃないか。もちろんうっすらと聞いたことはある程度で、私だって株式投資にはまったく興味がない。なぜそのような質問をされたのか、理解できない。お金に困ってそうに見えたのかな？

「研究の好きな武里さんの力をお借りしたいわ。研究材料としても面白い分野だと思うし」

竹下社長のその言葉にも、不信感しか感じられない。何が面白い分野なのか？　何が興味深い研究材料だというのか？　全くそそられない。私の表情をくみ取るかのように、竹下社長は言葉を続ける。

「武里さん、説明するわ」

竹下社長は膝の上でしなやかな指を組む。

「武里さんの開発した『当てる君』は素晴らしいわ。確率論に基づいて競馬の結果を予想することができるソフトなんて、他の誰も作れやしないわ。その素晴らしい技術を応用して、株式投資に活かすことのできる『株る君』を作ることができないかしら」

なるほど、合点がいった。竹下社長は私に株式投資を自在に予想することのできる「株る君」を作ってほしいのだ。確かにそんなものがあれば、投資での常勝が約束される。大もうけ間違いナシってわけだ。

「理論的には無理ではないと思いますが……」

「それだけじゃないの」

竹下社長は手を大きく広げる。

「武里さんにAlisa projectに加入してほしいの」

「はぁ!?」

私は今日一番の驚きの声を上げた。Alisa projectって、アイドルグループの!? 人前でのトークが苦手でひっそりと研究を続けるのが悲願であるこの私が、歌って踊れるアイドルになれる要素がどこに!?

「Alisa projectは元々ガールズバンドグループだったんだけど、今はあのさなと、もう1人ぬいぐるみが大好きなIMAIという子で活動しているの。さなとIMAI

といえば、そこそこ知名度のあるウマジョ、競馬女子よ。競馬番組に出ることもあるし、そこに『当てる君』を作った武里さんが加入してくれれば『当てる君』の注目度もAlisa projectの注目度も上がること間違いナシだわ」

私は競馬が嫌いだ。それに、テレビ番組出演だなんてもってのほかだ。私はアクティブではない、インドアな研究畑の人間だ。研究結果を注目されたいのはやまやまだが、間違っても私自身が注目なんて浴びたくない。それでも、株式投資という新分野で「株る君」を開発するという研究には興味が湧いた。

「『株る君』開発の研究費用は全て当社、ＯＦＭＡが負担するわ。即答の必要はないので、ゆっくり考えてみてちょうだい」

こんな話、決まっている。断るに決まっている。でも。

「はい、わかりました」

私は小さな声でそう返事してしまった。私の中のまだ見ぬ分野を開拓したいという知的好奇心が、人前に出たくないという臆病さをわずかに上回ったのだった。断りにきたはずが、また乗せられてしまった……。

翌朝、私はいつもどおりアイスコーヒーを飲んでいた。テレビからはニュースが流れている。昨日のこともあり、普段はＢＧＭ程度にしか耳に入らない放送が私の気を引いた。

「先日の日経平均株価終値はマイナス62円となり、米国貿易摩擦が薄れつつも落ち込む展開となりました」

無感情に日経平均について読み上げるニュースキャスターのコメントに耳を傾ける。

「株式投資か……」

一瞬脳裏をよぎる竹下社長との会話。新たな分野への挑戦。一度考え出すと気になるのが人間というもの。

「調べてみるか……」

授業を受けた後、いつになく急いで帰りの支度をする。早く自室に帰って株式投資について調べてみたい！　ところが、廊下の途中で聞き覚えのある声を聞いて思わず足を止めた。図書室から2人の少女が何やら言い争っている声が聞こえる。私は少し開いている扉の隙間から中をのぞいてみた。あの金髪ショートの後ろ姿は童夢だ。もう一人机に座っている金髪ポニーテールの幼女は誰だろう？　見たことがない。少なくともクラスメートではない。

Campus

「おまえ！　びー！　おー！　けー！　いー！　デース」

聞き覚えのあるフレーズである。

「びーおーけーいー？」

童夢が聞き直す。

「b・o・k・e！　ボケ！　デース！」

「誰がボケだよ！　ざけんなよ！」

まったく、あのような小さい女の子の言葉を真に受けて怒ることができるなんて……。だが、それが童夢志保だ。放っておいてもよさそうだな。私は2人の喧嘩を背後に、立ち去ろうとした。

「わわわ様、よろしくおねがいしま～す！」

童夢のばかでかい声が廊下にまで響きわたる。

「わわわ様？」

私は小さな声で復唱した。あの幼女の名前だろうか？　確かに、外国人のように見えたけれど。本名だろうか？　どこの国の人なのだろうか？　まあ十中八九『わわわ様』というのはアダ名だとは思うが……。気になって立ち止まっていると、童夢が図書室から出てこちらのほうに歩いてきた。何やら呟《つぶや》きながらニヤニヤしている。

「わわわ様かぁ、こりゃ面白い連れができたなぁ」

独り言が十分聞き取れるほど、彼女の上機嫌な声は大きかった。

「よぉ！」

童夢はこちらに気づき声をかけてくる。

「童夢はわわわ様と仲が良いのだな」

「あぁ、わわわ様の下僕《しもべ》になっちまったしなぁ！　ははは」

珍しく私から童夢に話を振ってみる。童夢は大笑いしている。

「そうか、下僕か。ところでわわわ様はお嬢の妹か何かか？」

童夢に質問してみた。あの金髪にあの口調、プリムローズと関係があると考えるのが自然だろう。私から初めて童夢に問いかける質問がこれだ。

「だよ、名前はわかんないけど」

童夢は平然と答えてくる。

すぐさま私は
「わわわ様だろ？」

わざとこの返しをしてみる。

「おぉ!?　武里もそんなノリできるんだ！」

どんなイメージを持たれていたのやら、童夢は私のことを面白みのない堅物人間だと思っていたに違いない。

「童夢、帰るぞ」

そう言い残し、私は足を進めた。図書室の前で飛び出してきた金髪ポニテ幼女と衝突する。

「ｎｏ～～!!　おまえちゃんと前見るデース！」

「あっ、わわわ様」

さっきの！　とっさにそう口走ってしまった。

「わわわじゃと!?」

一瞬、ひるんだような態度を見せる幼女。

「なんじゃおまえ？　上級生か？」

なんという言葉遣い、あのプリムローズの妹とは思えないほどの品のなさだ。しかしこの幼女、どこかで見たことある気がする。いまいち思い出せないな。

「お前、白のローブを着おってただ者ではあるまい。名はなんと申すのじゃ？」

「私か？　私は武里だ」

「Ｔａｋｅｚａｔｏ？　ふーん、覚えておいてやろう。ｍｅは下校Ｔｉｍｅが来たので、これ以上お前の相手はできぬ」

そう言い残すと、幼女は校舎エントランスへ走り去って行った。いったい、なんだったんだ……。

「ん？」

桜色のハンカチが落ちている。私はかわいらしいハンカチを拾い上げた。『チェリーローズ』と名前が刺しゅうされている。

「チェリーか……私も覚えておこう」

自室に帰った私は株式投資についてネットで調べてみた。配当金、ファンド、投資信託、利回り……。なかなか興味深い研究材料でありそうな予感が私をかき立てる。

「わ、悪くなさそうだな……」

独り言がこぼれる。気づくと電話をかけていた。パカラッ、パカラッ。馬が駆け寄ってくる保留音。ヒヒーン！

「もしもし、期間限定でとりあえずやってみたいと思います」

「はい、これからよろしくお願いいたします。武里さん」

こうして私の Alisa project としての人生が開始された。

STORY 2

女子高生トレーダーへの一歩

スポットライトが私たちを照らす。

「タフラジの時間です。どうも皆さん、こんにちはー！　さなです」

スタジオに元気なさなの声が響くのを皮切りに、次々とアイドルたちの挨拶が続く。

「ＩＭＡＩでーす！」

「こんにちは。Alisa project のアリサです」

「マーナです。よろしくお願いします」

「本日、奈良競馬場で行われるメインレースは大仏特別です」


こんな感じでいつものように番組の撮影が進んでいく。

もう、このラジオ番組収録も何度目になるだろうか。

最初はアイドル活動と聞いて面食らったけれど、だんだん慣れてきた自分がいる。

場数を踏めば簡単だ。何事も試行回数を重ねてうまくなっていくものだ。

最初は緊張して臨んでいたが、今では程々に気を抜いて、時々ふと他のことに意識を向けている瞬間もある。

番組の途中で、ふと先日の出来事が脳裏をよぎった。

そういえば三原は、朱龍《しゅりゅう》学園でダート未勝利戦に行くって言ってたっけ。

三原、大丈夫かな？　うまくやってるのかな。

私は自分で思っているよりも、三原のことが気になっているらしかった。

ラジオ収録が終了し、スタジオを簡単に片付けながら考える。

明日、三原の様子でも見に朱龍学園に顔出してみるか。


朱龍学園の校門前に私が着いたのは水曜日の朝のことだった。

格式高そうな校舎、厳しい真紅の門構え。

まさしく、朱龍の名にふさわしい豪奢な建物だ。

「これが朱龍学園か……」

初めて足を運んだ学校だが、さすがの私も背筋が伸びる。

いざ行かん、と中に入ろうとすると、一人の少女が声をかけてくる。

「お座敷学園の関係者の方ですか？」

見知った顔だ。サラサラの桃色のロングヘア。確か前に……。名前までは覚えていない。そこまで他人に興味がない。

「ああ、そうだよ。案内してもらえないか？」

「いいですよ！」

桃色の髪の少女はあっさり快諾してくれた。彼女の案内で格調高いエントランスホールへ入るとよく知る顔がそろっていた。

「なんだ、武里？　どういう風の吹きまわしだ？」

目の前に立っているのは海老沢先生と三原たち。三原はうれしそうな笑顔をつくる。

「真愛さん、来てくださったんですね」

「ああ。三原が不安がっていないか、ちょっと気になっただけだよ」

「うれしいですわ！」

山口が人懐っこく寄ってくる。掌には調教時計が光っている。

「武里さん、今から調教時計を計るんだけど見ていかない？」

おずおずと私の服の裾を引っ張る山口。

「そうだな、見ていこうかな。どんな結果が出るか、私もパソコンで分析するよ」

山口に絆《ほだ》されたわけではない。朱龍学園の練習風景は私にとって貴重なデータ資料だった。

「武里さん、こちらへ」

記者室へ案内される。机と椅子だけの殺風景な部屋だ。

「武里さんは記者席初めて？」

「初めて入るよ。何もない部屋だな」

辺りを見回し、素直な感想を呟いた。あれだけ豪華なエントランスと比べると、どうしてもこういう感想になってしまう。

「さあ、時計をとるよ」

山口は右手に調教時計を構えながら左手で遠くの馬を指さし、

「武里さん、あれがベコだよ！」

あれが三原雫の愛馬、ベコか。私は山口から手渡された双眼鏡を目に当てる。そしてストップウオッチのスイッチを入れる。まずはベコが単独で一頭走っているタイムを計る。そして次に、並走調教といわれる二頭並んで走るタイムを計る。

「実際どうなんだ？　ベコは嫌がっているのか？　嫌がっていないのか？」

私には動物の表情、喜怒哀楽がわからない。山口に尋ねる。山口だって馬の気持ちがわかるかどうか怪しいものだが、私よりはマシだろう。

「大丈夫……だと思う。結構ベコ、雫が言ってたみたいにダートの方が合うのかも」

山口はベコを観察しながら、真剣な目で答える。

「そうか、ベコはダート血統だからな。うちの学校にダートコースがないだけで、実際ダートの方が合うケースがあっても不思議じゃない」

そして何周繰り返しただろう。私は、ふと気づいた。ベコは他の馬と並走している時の方がタイムが遅い。

「時計が思ったより上がらないな。でも、他の馬と並走してる時のベコの様子に山口は気づいたか？」

「うーんなんとなくベコ、後ろ走るの嫌みたいだよね」

「たぶん、ベコは顔に砂がかかるのを嫌がっているんじゃないのか？」

私の言葉に、山口の黒い瞳が驚いたように丸くなる。

「もしかして！　それ、すごい気づきだよ。武里さん、すごいヒントだよ！」

早速、山口はその発見をみんなに共有したらしい。

午後からは、原因を探るべくベコにパシュファイアを装着させて再度時計取りを行った。時計は飛躍的に上がった。

ベコは他の馬の蹴り上げた砂が顔にかかるのが嫌でタイムを落としていたのだ。

「これは期待できそうだな、武里、でかしたよ！　さっすが、うちの優等生！」

先生は上機嫌で私に話しかける。

「よし、ベコの弱点もつぶしたし、あとは勝つだけだな。頑張れよ、三原！」

私は三原にそう声をかけ、記者席を後にした。

エントランスホールへの廊下で、私は見知らぬ少女の存在に気づいた。特徴的な緑のツインテールに青いリボン。

彼女は近づいてきて、私をにらみつけた。

「あんたが武里さん？」

「なんだい君は？」

不意に声をかけられ、思わずすっとんきょうな声で尋ねる。こんな子、知り合いにいたっけ。

「あなたが武里さんでしょ？　なんだっけ、あのソフト。『当てる君』だっけ？　あなたが作ったんでしょ？」

こんな離れた学校の子にも私の研究の成果が知れわたっていることに驚きを隠せな

い。

「ああそうだ。『当てる君』は私が作った。それが何か?」

私の返答にその少女はすかさず食いついてくる。

「あたしと勝負しなさいよ。あたしの予想とあんたのそのソフト、どっちが上なのか。勝負よ!」

いきなり、この子は何を言っているんだ。初対面なのに、上だの下だの勝負だの。到底付き合っていられない。

「何で私がそんなくだらないことに付き合わないといけないんだ? だいたい、そんな勝負に何の意味がある。私に何の得がある。ばかばかしい。なぜそんなことに私が時間を割かなければいけないんだ?」

「ははーん、武里さん。さてはあたしに負けるのが怖いんだね! そうだよね〜、『当てる君』の評判いいもんね。天才のあたしに負けると評判落ちちゃうから、それが怖いんでしょ? だから勝負できないんでしょ! はいはい、わかったわかった。じゃあいいよ、別に勝負しなくても」

「私は君と勝負しに来たんじゃない。三原を応援しに来たんだ。邪魔だからどいてくれないか?」

子どもじみた挑発に対して、私は冷静に返した。こんなガキっぽいやつ、真剣に取り合うだけ時間の無駄だ。

「は？　あたしが邪魔？　勝負しに来たんじゃないですって？　もしかして、あんた本気であたしにビビってんの？」

なんだ、この子は。すごい言いがかりで食らいついてくる。いよいよ相手にしたくない。

私は言いがかり少女を振り切ってエントランスホールに向かう。

「ちょっと、待ちなさいよ！！！」

彼女は全速力で追いかけてきて、出口の扉前で両手を広げて通せんぼうした。

「勝負しなさいよ！　あたしは『当てる君』なんかよりすごい予想できるんだから！」

何がこの少女をこんなに必死にさせるのか。

「急ぐことはない。いずれその時が来るよ。一応、君の名前を聞いておくよ」

らちが明かないので私はそう切り出した。

「あたしの名前は池田里美！」

「池田里美、今度勝負しよう。今日は時間がない」

私の提案に里美は納得したようにうなずいた。

「時間がないなら仕方ないわね。いい？　次に会った時は必ず勝負だからね！」

「わかった、池田里美。次に会った時はな」

「ちょっと！」

里美が声を荒らげる。

「なんだ池田里美、いきなり大きな声を出すな」

「なんでフルネームで呼ぶの!?」

「嫌なのか？　池田里美」

「あんた、もしかしてあたしのことバカにしてる？」

「別に。バカにするもしないもないだろ、会って間もない人間に。時間がないからもう行くぞ。またな、池田里美」

「フルネームやめてー！」

顔を真っ赤にした里美の金切り声を背中に、私はエントランスホールを後にする。

帰りの電車の中で思い出した。

「池田里美。彼女の付けていたあの腕章、調教師か」

馬匹を預かり調教するという職業上、馬を見る目は自然と養われる。ポッと出の

「当てる君」が競馬界を席巻して、内心面白くなかったのかもしれない。自信を持つことはいいことだ。しかし、自信過剰は考えものだ。彼女とは近いうちにまた会うことになるだろう。

スマホのアラートが鳴り響いた。チェックしていた銘柄の情報が公開された。

やはり、ＭＡＣＤ《マックディー》の波で、ある程度短期の株価変動は見ていけそうだな。私も早く自分の手で投資がしたいものだ。しかし、先立つ費用がない。どうやってその資金を工面しようか……。

考えなくてはならない。

私は資金調達のことを考えながら眠りについた。

STORY 3

Alisa projectでの日常

数日後。私はいつものようにタフラジの収録のためにスタジオへ向かった。

「はぁ、今日も学校疲れたな……。なかなか新しいジャンルの研究も大変だな。『株る君』を作ろうにも、データの吸い上げが難しくてうまくいかないし……。一体どうしたらいいいんだろう」

寝不足なのに、考えなくてはならないことが多い。ブツブツぼやきながら廊下を歩いていると、薄いカードケースが落ちているのを見つけた。

「何だろう?」

思わず拾って、しげしげと眺める。レザーに包まれたプラスチックの硬い質感。見覚えがある。私自身、日常的に使っているものだ。

これは……

「これって……入館証じゃないか」

一体、誰のだろう。入館証を落とすなんて、間抜けなやつもいたものだ。

今頃落とし主はどんなに困っているだろう。これがないと出勤も退勤もできないだろうに。

私は改めて、入館証をまじまじと見つめてみる。

『今西伊代菜』

……知らない名前だな。無理もない。ここには毎日何百人も出入りしてるはず。いくら私でも、全員なんて把握しきれない。する必要もない。まあ、いい。

私は入館証をポケットにしまった。

あとで受付に届けてあげよう。

楽屋にはすでにAlisa projectのメンバーが待機していた。さなさん、ＩＭＡＩさん、そしてかぶり物をかぶっているありささん。あれはウサギなのだろうか……。

最初はへんてこに感じていたけど、今となってはすっかり見慣れた風景だ。最近はほのぼのとした安らぎすら感じてしまう。

私はいつもの席へ座った。

「まーな、お疲れさまーっ」

さなさんが抱きついてくる。

「もう、やめてください」

この人はいつもこうだ。

「そうだ、さなさん。『今西伊代菜』さんってどなたか知りませんか？」

「えっ、まーな。どこでその名を？」

「廊下に入館証が落ちていたんですよ。今西伊代菜さんという人のものみたいなので、お返ししたいんですけど。会社の入館証ってなんで写真ついてないんですか？わかりにくい。セキュリティー的にもダメですよね？」

私の言葉を聞くが早いか、ＩＭＡＩさんが私に覆いかぶさってきた。なんだなんだ。どうやら私の持っている『今西伊代菜』の入館証を奪い取ろうとしているようだ。

ＩＭＡＩさんの豊かなバストに圧迫される。く、苦しい……。

「あわわわわ、そ、それそれダメダメ返して返して返して」

「わ、わかりました。わかりました。ＩＭＡＩさん、落ち着いて」

「早く、早く返して～!!!」

「今渡しますから、この胸をどけてください！　死ぬー!!!」

ＩＭＡＩさんのクッションのような柔らかおっぱいからなんとか逃げ出し、私は危うく窒息死を免れた。ＩＭＡＩさんのこの慌てよう……『今西伊代菜』の知り合いか何かなのだろうか？

「もう、ＩＭＡＩさんったらどうしたっていうんですか。ビックリするじゃないですか」

「わ、私の方がビックリするんだけど」

「どういうことですか？」

「とりあえずその入館証を返しなさいよ！」

私は素直にＩＭＡＩさんに入館証を渡す。

「はい。かいしゅーう！　良かったぁ♪」

ＩＭＡＩさんが、ほっとしたように笑みを浮かべた。

「危うくＩＭＡＩさんの胸に殺されるところでしたよ！　一体なんだっていうんですか」

そんな私とＩＭＡＩさんのやりとりを横で見ながらニヤニヤしているさなさん。

「さなさん、何ですか？」

私はやたら楽しそうなさなさんをにらみつける。こっちは死にかけたというのに……。

「いやぁ！　いい！　そういうの好き」

「他人事だと思って、まったく」

「へへへへへ」

「へへへへへじゃないですよ。もう勘弁してください。この私でも、さなさんの性癖だけは理解できませんから」

「ＩＭＡＩのおっぱいは良かったでしょう？」

「ばか言わないでください。窒息しかけたんですよ」

「そこがいいんだって！」

「いいわけないでしょ！　何言ってるんですか！」

「みんな準備はいいの？　あらあら。まーなとＩＭＡＩは仲良しなんだから！」

そんな会話に横から入ってきたのはマネジャー兼社長だ。

いつから楽屋にいたんだろう？　全然気づかなかった……。

「社長、誤解ですよ。ＩＭＡＩさんが……」

「はいはい、わかったから準備してね」

社長はあきれたように手をひらひらと振った。なんで私まで……！

「ＩＭＡＩさんったら、どいてください！　いつまで私の膝の上に座ってるんですか！」

「ごめんごめん」

そろそろタフラジの収録の時間が近づいていた。

このバックヤードの廊下。もう、何回通ったんだろうな。

こんな人生になる計算じゃなかったんだけどな。

研究さえできてれば満足だったのに、この私がアイドルだなんて……。

私は時々そう思う。ここを開けたらもうタフラジのスタジオだ。

「はぁ疲れた！　まーな、肩もんで」

「イヤです！　毎回毎回収録の後、なんで私がさなさんの肩をもまないといけないんですか？」

「まーなが疲れた時は逆に言ってね！　あたしがその大きなおっぱいを揉んであげるからね！」

「ただのセクハラじゃないですか！」

収録が終わり、緊張が解けていつもどおりのふざけた楽屋。

私は以前からひとつ気になっていたことがあった。

「さなさん、そういえば私、ありささんの素顔って見たことないんですけど。ほら、いつもかぶり物をかぶってるから」

「あたしも今のありさになってからは見たことないなぁー、前はおねーちゃんだったけど」

えっ……おねーちゃんってことは……。

「え?! 竹下社長がありさだったの?」

ＩＭＡＩさんが驚いたような声を上げる。ＩＭＡＩさんにとっても初耳らしい。

「そうだよ！ ２代目になってから中の人が誰なのかわからないんだよね」

「それって、何か秘密にすることでもあるんですか?」

「さあ?」

そんな会話をしながら着替える３人。

さなさんが声を上げた。

「ところでさあ、今日一杯どう? もちろんまーなもね！」

私は苦笑いして、さなさんに尋ねる。

「私に拒否権あるんですか?」

「もちろんない！」

元気よく即答するさなさん。

「じゃあ、聞かないでくださいよ」

「大丈夫、大丈夫！　あたしがおごってあげるから！」

「お願いしますよ、私まだ女子高生だからお金ありませんし」

ＩＭＡＩさんがさなさんを抱き寄せる。

「さなはお金持ちだからね！」

スタジオの近くの居酒屋。収録終わりにはここに来ることが多い。

私、まだ女子高生なのにいいんだろうか。ま、いっか。

「さなさんとＩＭＡＩさんは何を注文されますか？」

やっぱり後輩である私が先陣を切って聞くのがマナーかな？

「私は生中で！　さなはカクテルかな？　カクテルでいいよね？」

「ＯＫ！　じゃあ、カシスソーダで！　まーなはお子ちゃまだからオレンジジュースかな？」

ＩＭＡＩさんとさなさんが声をそろえてオーダーを選ぶ。

「私がお酒飲めないからってバカにしないでください！」

「ごめんごめん。でも未成年だよね？」

「た、確かに未成年ですけど……」

「じゃあ、ウーロン茶か何か？」

さなさんが聞いてくる。

「じゃあパインジュースで」

「結局ジュースかい！」

さなさんは鋭いツッコミを入れてくれた。どことなく、かわいく思えた。

「じゃあ、乾杯！」

全員の飲み物がそろい、グラスをぶつける。

「うぇ〜〜い♪　まーな、飲んでるぅ〜〜？」

上機嫌のさなさんが絡んでくる。私が飲んでるのはジュースだって……。

はぁ、さなさんって少し邪魔くさいな……。

ＩＭＡＩさんは美人だしおとなしいから話しやすいけど……さなさんは……。

「さな！　まーなが怒ってるぞ！　ああ、もうジョッキの中身なくなった……生中おかわり！」

自分のジョッキを飲み干して、おかわりを頼むＩＭＡＩさんを横目に、そんなことを考えていた。

「まーな、あたしの顔をじっと見て……。まさか、邪魔くさいとか思ってないでしょうね？」

心を読まれた！

「エ、エスパー？」

「図星か〜〜い！……っていうか、誰がエスパーなのよ！」

さなさんのリアクションが、だんだんかわいく思えてきた。

「さなは人の心が読めるからね！　あ〜っすみませーん！　もう一杯生中お願いしまーす！」

「さなさんって、そうなんですか」

意外と賢い人なんだ……。

「意外で悪かったわね。悪口言うまーなには、１回あたしのすごさを思い知らせてやんなきゃやね」

さなさんが少し怒ったように呟いた。

まさか、本当に心を読まれているの？

……話しにくいな。無心でいないと、心を読まれてしまうというのか……。

「まーな、さっきのは声に出てたよ！　もう！　このジョッキ小さいのかな？　すぐにビールがなくなっちゃうよ……あっ、店員さーん！　生中お願いしまーす！」

ＩＭＡＩさんがまた生中をおかわりした。

「でも、まーなは高校生なのにしっかり者だよね」

少し酔い始めたＩＭＡＩさんに褒められる。

「そ、そんなことないですよ！」

柄にもなくうれしくなり、思わずうつむいてしまった。

「ところで、まーなは彼氏とかいるの？」

さなさんが興味津々というふうに、質問してくる。

はい、来ましたこの質問。この人、いるわけないのを知ってて質問してきたな。

「いませんよ！！！」

「だよね！」

さなさんは満面の笑顔で即答する。

「ちょっと、さなさん私のことバカにしてます？」

「そんな〜かわいいまーなをバカにするわけないじゃ〜〜ん」

さなさんは即座に私の肩に手を置き、ニヤニヤと笑いながら語りかけてくる。

完全にナメられてる……。

「やっぱり、私のことバカにしてますよね！」

「違うよー！　まーなは、さなに気に入られてるんだよ！」

ＩＭＡＩさんがフォローを入れてきた。

「当たり前じゃん、かわいい後輩なんだから！」

さなさんもすかさず便乗してくる。

「それはどうも」

「心がこもってな〜〜い!!」

二人の声がきれいに重なる。

あーー、邪魔くさい……。私はもう言葉に出すのも面倒になってしまった。

「もう一杯、生中！」

またさらに生中を頼むＩＭＡＩさん。

「ＩＭＡＩさん、さっきから飲むペース早くないですか？」

「そんなことないよ」

平然としている。酔いが回っているわけではないようだ。

「ＩＭＡＩの本気はこれからだからね！」

さなさんが笑顔で親指を立てる。こ、これから……？

あれだけビールを頼んでバカバカおかわりしていたのに……？

「私ってとんでもない人たちとつるんでるんじゃ……」

思わず声に出してしまった私の言葉に、

「大丈夫、大丈夫！」

さなさんの元気な声がかぶる。

あなたが一番大丈夫じゃないでしょ！！！

「まーなちん♡」

「むぎゅう！」

ＩＭＡＩさんに羽交い締めされる私。た、助けて……。

「げーっ！　お酒ください！」

普段のおとなしいＩＭＡＩさんはどこに行ったんだろう……。ＩＭＡＩさんの目が据わっている。

「まーなちんは毎日、研究ばかり……」

「まあそうですけど」

「ヒック、それじゃあ彼氏もできないよね」

しゃっくりしながらＩＭＡＩさんが話しかけてくる。

「まあ、今は必要ないですけど」

私は冷静に答える。

「まなちんらしーい！」

「だって研究に打ち込んでる時が一番落ち着きますし……、じゃあ、さなさんはどうなんですか？」

「えっ、あたし？　何が？」

急に話を振られて驚くさなさん。

「恋人とか……」

さなさんはＩＭＡＩさんの顔をしげしげと見ながら、呟いた。

「ＩＭＡＩがいるしな……」

「えっ！？！？！？」

私は驚いた。

「お、お二人ってそんな関係なんですか？」

恐る恐る尋ねた私に、さなさんは即座にチッチチッチッと指を立てる。

「子どもには教えられないな！」

「さなは……はげしいんだぞ！　すいませ〜ん。なまちゅうおかわりにゃから……」

もう言葉になっていない。

「ＩＭＡＩさん、そんなにへべれけになって！　飲みすぎじゃないですか!?」

さすがの美人も台無しになっている。

「さなさん。そういえば、ＩＭＡＩさんっていつも白いぬいぐるみ持ってますよね？」

「あれっ？ まーなにはぬいぐるみに見えるの？」

えっ？ あれってぬいぐるみじゃないの？？？

「あれ、生きてるんだよ」

「えっ？ もしかしてぬいぐるみじゃないの？ 生き物？ え？ うそ？ ぬいぐるみじゃないの？ うそでしょ？」

大混乱する私。そんなの、そんなの私のデータにない……。

「うん、うそ」

さなさんは真顔で答える。こける私。

ほんとにもう、さなさんったら……！

「あなたの言うことは、３割うそで７割冗談ですよね。本当、信じられない！」

さなさんは怒った私の顔を見て、

「その割合ならあたしって偽りの存在じゃーん」

とふてくされる。

「私からしたら、そんな感じです」

「まなちん、つれないな〜！」

「あなたとつるんでいると、振り回されるからイヤなんです！」

ＩＭＡＩさんがさなさんに抱きついた。

「さな飲んでる？　飲んでないでしょ？　さなも飲んで飲んで！」

とんだメンバーと来てしまったと後悔しても後の祭り。

「まーなも堅いことばっかり言って研究ばかりしてたんじゃ、いい大人になれないぞ！」

「悪い大人のお手本のあなたに言われても困ります」

「もうひどいな〜」

こんなさなさんとの会話のキャッチボールが果てしなく続くのだ。

ＩＭＡＩさんが出し抜けに悲しげな声を出す。

「おつまみ〜〜！　アテがもうないの〜〜！」

確かにテーブルには飲み物以外何もない。まだ食事を頼んでもいないのに、ＩＭＡＩさんはあれだけの量のビールを飲んでベロンベロンになってしまったのだ。

「まなちん〜〜すきなのたのんでいいよ〜〜〜！　わたしのすきな、コロッケ、エビ

「フライ、ハンバーグ……おねがいしま〜〜〜す!!」

完全に酔っているＩＭＡＩさん。

意外と子どもっぽくてかわいらしい好みだな……。

それに、食べ物くる前に酔いつぶれちゃうなんて……。

私はこの状況に冷静に引いていた
「ＩＭＡＩ〜〜、店員いないって」

「え??? はんばーぐにひゃくぐらむでいいからはやくもってきてぇ!」

「ＩＭＡＩさん、店員さんはいませんよ! それにグラム指定できません、この店は」

私の言葉が通じたのだろうか、ＩＭＡＩさんは違うメニューを注文した。

ＩＭＡＩさんが酔いつぶれて眠ってしまった後、さなさんが真剣な顔で話しかけてきた。

「まーな、ちょっとマジメな話しようか?」

これは真剣に聞かないと……。私も素直に耳を傾ける。

「なんですか? いきなり改まって……怖いです」

「怖くない。怖くないって、まーな」

さなさんはせき払いした。

「まーなって、『株る君』とか資産運用や投資の世界で活動してみない？ってお姉ちゃんに誘われてこの世界に入ったんだよね？」

「はい、そうですけど」

「だよね！　そもそも、まーなはお金のことをどれくらい知ってるの？」

「お金ですか？」

不意を突かれて、すっとんきょうな声を上げてしまった。

「そう、お金。お金のことをわかってないと、ちゃんとした資産運用もできないよ」

「お金のことってどういうことですか？」

「じゃあ、教えてあげる」

そして、さなさんによるお金の授業が始まった。

「まーな、まず大前提として知っておかないといけない基礎知識からね。まあわかっていると思うけど、お金って何かわかる？」

さなさんの質問の意図がわからない……。お金はお金じゃないの？

「お金ですか？　お金って……物々交換できるための対価というか、資本主義で共通のものですよね」

その答えにさなさんは笑みを浮かべ
「そう、そういうこと！　わかってると思うけど、お金では買えるものと買えないものがある」

子どもに教えるような内容に私は少し疑問を持った。

「当然、車だったり服だったり食事だったりっていうものはお金で買えるけど、実際何でも手に入るわけじゃない。実際、時間とかそういうものって買えないじゃない。あと、人の気持ちとかね」

あまりにもシンプルな内容に、思わず首をかしげてしまう。そんなのわざわざ今更さなさんに教わらなくても、誰だってわかってることなんじゃないの？

さなさんはその表情をくみ取ったのか、

「まず、投資する前にはわかっておいてね」

念を押した。

「さなさん、今の単純な質問に何か意味があるんですか？」

「あるある。後々わかるだろうけど、結構重要なことなんだから。次の質問ね、物には資産と負債という二つの種類があるのは知ってる？」

「資産と負債ですか？」

「そう。まーなに聞いてみるけど、お金や金の延べ棒は資産か負債かわかる？」

「それは資産ですよね？」

「そう資産だよね！　じゃあ次にカードのローンとかは？」

「明らかに負債ですよね？」

「そうそう当たり！」

ここまで順調に正解してきたけど、キッとさなさんの目つきが鋭くなった。

そろそろ本命の質問がくるんだろうか？　ひっかけだろうか？　本題だろうか？

「次の質問で知識が結構わかるんだから！　じゃあ、家と車って資産だと思う？　負債だと思う？」

「え？　家と車ですか？　資産のような気もしますけど」

さなさんは少し笑ってこう言った。

「そうね、そう思っちゃうよね。まだまだだね、家と車は負債なの！」

「そうなんですか？　でも家がないと住む所に困ってしまうし車があったら便利ですよね？」

私は自分の導き出した回答に対する見解を述べる。

「うーん、だけどね、はっきり言って家には固定資産税そして修繕費、車だってガソリン代や車検そして保険や税金がかかるじゃない？」

「かかりますね」

「そう、ここでまず覚えておいてほしいこと、大前提の基本のキ！　その物を持っていることによってお金を生んでくれるものは資産！　逆に持っているだけでどんどんどんどんお金がなくなっていってしまうものは負債なんだよ。これだけは絶対にわかっといてね！」

さなさんは真剣なまなざしで話しかけてくる。

「これを理解してないと、そもそものお金のこと自体が何もわからないってことになるから」

「わかりました」

私は初めてさなさんのことを実はすごい人だと思った。

さなさんの今までに見たことのない真剣な目つきに心奪われていく。

「次にね、これから投資の世界に入っていくと思うんだけど、まーなが必ず知っておかないといけないこと、先に知っておかないといけないことはね、お金をいくら稼ぐとか、もうけるとかっていうことよりも、『億り人』って呼ばれる億万長者になった時にまーながどういう精神状態でいられるのか？　そして自分がそうなったときにどういう状態でいるべきか、っていうことをまず自分自身に見えるようにしておかないといけないの」

あまりにもスケールの大きな話に、思わず大声を上げる。

「そんな、いきなり億万長者だなんてなれるわけないじゃないですか！」

「そんなこと考えたこともないでしょ？　だから大切なの。そのゴールに達したときに自分がどうなるのかを先に知っておかないといけないし、どう行動しなければならないのかっていうのをあらかじめ学んでおかないとダメ。あたしにはわかるの。まーなは『株る君』を使って必ず『億り人』になる。だからあたし、ちょっと真剣に喋ってるの」

「教えてください」

私は素直に答えた。

「偉い！　そういうこと！　宝くじを当てた人々が当選金を全部スってしまったり、破産する理由がなぜかわかる？」

「単純に、無計画に使っちゃうからじゃないですか？」

「だよね。でもそういう人たちは一時的に『億り人』になったとしても意味がない。

継続してないから意味ないの！　じゃあ、『億り人』という状態を維持するにはどうすればいいのか？」

どうしたんだろ、さなさん。急に何かのスイッチが入ったみたい。

こんなに真剣に何かを語るさなさん、初めてだ。

「有名な国会議員がテレビで言ってたよ。日本人は基本的なお金の勉強をしてないし、お金の使い方を知らない。だから宝くじに当選したところでお金を失っていくだけ」

「お金の使い方ですか？」

「そう。お金の使い方をわかってないから、大金を手に入れてもすぐ失うの。お金をどんどん使って経済を回すことも必要なこと。国民自身が稼いだお金を使って経済を回すように国や政府が仕組んできたの。第二次世界大戦で日本が敗戦した時、日本を復旧させるために経済を回さなければならなかった。頭を使ってお金を稼いだり資産運用をされてしまうと、日本経済が回らないからね。だから昔の人は一生懸命汗水垂らして働いて、稼いだお金で一生懸命経済回してたの！　まあ、その使い方も悪くないんだけどね。でもこれからの時代、それだけじゃちょっとね。これからまーなが『株る君』を使って資産運用していくのなら、ちゃんと『億り人』になった時のポジションを想定してお金という魔物に負けないで。強いまーな自身を持てないのなら、資産運用はしちゃダメ」

　さなさんの話が胸に刺さる。

「資産運用の種類には投資信託と株式投資があるんだけど、まーなが投資信託程度しかしないのなら、ここまで考えなくていいよ。投資信託だけじゃ絶対『億り人』にはなれないから！　ほんのちょっとお金が増えるだけだからね」

　さなさんは畳み掛けてくる。

「でも、まーながこれから株式トレードとかをしていくのなら、まーなは絶対にこのことを知っておかないと！　あたしの話、わかるかな？」

　いつもふざけているさなさんの真剣な表情。

　投資信託。株式投資。「億り人」。お金という魔物……。

　なんだかさなさんの熱気に当てられて、クラクラしてきた。

　その時、ＩＭＡＩさんが目を覚ました。

「今何時？」

「21時50分、そろそろ帰ろっか？」

　さなさんは話をやめて、会計の準備をする。急に日常に引き戻された思いだった。

私は、さなさんを誤解していたのかもしれない。いつもふざけてばかりで、頼りにならない人だと思ってたけど、そのイメージが一変した夜だった。

「まーな、一人で帰れる？　あたしとＩＭＡＩはココ入るから」

「わかりました。それでは、お疲れさまでした」

バイバイと手を振るさなさんとフラフラと千鳥足のＩＭＡＩさんを見送る。

ひとりで満天の星空を見上げ、

「『億り人』か……」

声が漏れる。今の私には全く遠い手の届かないような話。

でも、さなさんは私が必ず「億り人」になると言っていた。

それも、「株る君」を使って……？

私はさなさんとＩＭＡＩさんが消えた建物をチラ見し、帰ろうとした。

豪華な装飾の宿泊施設。ご休憩の文字。きらめくイルミネーション。

「え！　ここって……ホテル⁉　ネオン輝くホテルに……二人で……」

私は顔を真っ赤にしながら帰宅した。

あの二人には最後まで振り回されてしまった夜だった……。

STORY 4 ありさの素顔

「ＩＭＡＩ〜〜お疲れさまっ♪」

今日もいつもと変わらない日常が繰り返されている。

楽屋でＩＭＡＩさんの肩をもんであげているさなさん。

一見ほほ笑ましい光景だが、さなさんがやることだから油断ならない。

ＩＭＡＩさんの肩を揉むさなさんの手つきは徐々に大胆になり、そして大きなお胸の方へ……。

「ヤダ！　さなったら、触らないで！」

「わぁ、相変わらずもみごたえのある立派なおっぱいだよね！　さてさて、まーなとどっちが大きいんだろ？」

こんな会話はあり得ないと思っていた私だが、だんだん慣れてきてしまっている自分がいる……。

「はいはい、どっちなんでしょうね～？」

かつてはセクハラされるたびに真っ赤になっていた私だが、最近はこんなに冷静に返事ができるようになってきた。

幸か不幸か、この雰囲気になじんできちゃったってことかな？

「私、ちょっと売店に行ってくるね！」

何か用事を思い出したらしいＩＭＡＩさんが席を外した。私はさなさんと二人きりで楽屋に取り残される。今までだったらさなさんと二人だなんて、とても気まずいと思っていただろうけど、私は先日の居酒屋での一件でさなさんを見る目が変わっていた。

――――さなさんって、おちゃらけて見えて実はすごい人なんだよね。

そう思っていると、急にさなさんの顔が目の前に大写しになった。

「わあぁ！」

私は思わず後ろにのけ反る。ビックリするじゃないですか！！！

「ち、近くに来るなら来るで事前にそうと言ってくださいよ！」

「な～に言ってるの！　そんなこと言いながら近づいてくる人がいたら逆に怖いでしょ！」

ま、そりゃそっか。さなさんは時々鋭いことを言う。

「収録まで時間あるし！　ま一な、それまでいろいろと教えてあげようか？」

「はい」

私は素直にうなずいていた。私はさなさんの話に興味を惹かれていた。

「えっとね、まず世の中にはESBIという4種類のクラスがあるわけ」

「4種類ですか？」

「そう、まずEmployee（従業員）て呼ばれる一般労働者。これはアルバイトや正社員パートも含むんだけど、つまり自分の時間を売ってお金に変えている人たち。まあつまり、ただの使用人っていう立場の労働者のこと」

「労働者ですか？」

「そう！　今のま一なもそうだよね。Alisa projectっていうグループに入っているけど、結局ま一な自身の時間を消費して仕事をして、お金を稼いでいるわけだから」

「私がアイドルやってる意義はお金稼ぎ目的だけじゃないんですけど……」

「それはわかってるって！　でも労働っていうジャンルにおいてはそういうことでしょ」

「自分の時間を消費して給料をもらっているわけだから、まあそうですよね」

「そういうこと！　で、次にSelf Employee（自営業者）」

「Self Employee（セルフエンプロイー）ですか？」

「そう！　Self Employeeっていうのは自営業者のこと！」

「自営業者？」

「例えば八百屋さんとかフリーランスとか呼ばれる人たちが、まーなにはわかりやすいかな」

「八百屋さんとフリーランスですか？」

なんだか、全然違う職業な気がするけど……。さなさんは私のいぶかしげな表情に気づいたようだ。

「かけ離れてるように聞こえるよね。八百屋さんや散髪屋さん、カフェのマスターみたいに一人でお仕事してる人いるでしょ？　一人店長っていえばわかるかな？」

「なるほど、わかります」

「あと、今流行りの『フリーランス』って呼ばれる人たち。いろいろな方法で自分のスキルを売ったりしてお金を稼ぐ人たちのことをSelf Employeeっていうの。ちなみにYouTubeの収入とかもこっちに含まれるかな」

さなさんは言葉を続ける。

「Self Employee の良いところは Employee と違って収入に上限がないってことかな。いわば青天井！ 頑張った分だけ収入が増えていくの！」

「青天井ですか」

「そう！ 魅力的だよね。自分で頑張った分だけ稼げるっていうのが Self Employee の良いところなんだけど、もちろんこの働き方にもデメリットはあるわけ。自分の力だけで仕事を取ってくるわけだから、うまく仕事を取り続けることができるかどうかって感じかな？ 結局その人次第だよね」

一人で仕事をするということは会社にピンハネされないかわりに、仕事がもらえるもなくなるも自己責任の世界なのだ。

「次に Business Owner（ビジネスオーナー）。これは社長さん」

「竹下社長とか?」

「竹下社長は、まさに！ だね！ Business Owner の仕事っていうのは、Employee たちを使役してビジネススタイルを自分たちで作ってそれを運営していくっていうこと。自ら働かなくても部下の社員たち、使用人たちが働いてくれるわけだから、本人の負担は少ないよね。まあ、代わりに責任を背負い込むんだけど」

「自分の代わりに人が働いてくれるんだから、すごく助かりますよね」

「社長以外にも実は Business Owner と呼べる働き方があるんだよ」

「えっ?」

そんな仕事があるのかな? 私にはどんな働き方なのか見当もつかない。

「例えば、本やＣＤの印税、株の配当で稼ぐのも Business Owner の働き方に当てはまるよ! あと、不動産の家賃収入とかもそう! そういうのを全部含めて Business Owner って言うんだ。オーナーと呼べるかどうかは微妙だけど、クラス分けすると Business Owner の部類に入るわけよ」

私は完全に話にのみ込まれている。

「それでねーな、一番最後のクラスは……」

さなさんのその言葉に思わず唾を飲み込む。私はもはやさなさんの話に興味津々だった。

「最後のクラスはね、Investor（投資家）」

「投資家?」

「資本主義社会において一番の頂点に立つのが Investor。投資家っていうのは株やＦＸなどの投資にお金を出す人。お金を出すことによってお金を働かせてるのよ」

私はすかさず疑問を投げかける。

「なんでInvestorがBusiness Ownerより上なんですか？」

「まーな、よく考えて。InvestorがオーナーだとしたらBusiness Ownerはあくまで店長みたいなもの。店長が運営してるお店や会社企業にお金を出資して働かせてあげてるのが投資家なんだから。だからInvestorはBusiness Ownerよりも上位なのよ」

……なるほど。

「投資家が一番頂点なのも納得です」

「そういうこと！　企業の頂点のBusiness Ownerも含めた企業全体に投資するのがInvestorだからね！」

「ありがとうございます。４種類のクラス分けがわかりました」

ガチャ
その時、楽屋の扉が開いた。

「おーい、さなとまーなは何食べる？」

狙ったかのような質問に笑ってしまった。確かに、今のさなさんの話は資本社会における食物連鎖の説明のようだった。

「ＩＭＡＩさんったら、このタイミングでその質問ですか？」

キョトンとした顔のＩＭＡＩさん。

「え？　何食べるか聞いたらまずかった？　このタイミングってどのタイミング⁉」

「じゃなくて、今ちょっと込み入った話をしていました」

私の返答にＩＭＡＩさんはニッコリとほほ笑んだ。

「へー！　さなとまーなってば、すっかり仲良くなったんだね‼」

私はその質問に少し焦って答えた。

「べ、別に仲が悪くはないんですけど……」

「そうそう、まーながあたしのことを一方的にイヤがってただけだもんね！」

「初対面であんなことされたら誰だってイヤになりますよ！」

「へー、てことは今はイヤじゃないんだ？」

「まあ……ある意味さなさんのことを少しは尊敬してますから私」

「あたし尊敬されてるんだ〜！　うれしい！」

そういうと私の胸を触りだすさなさん。もう、せっかく褒めてあげたのに台無しじゃない……！

「セクハラはやめてください！　そーいうところがマイナス１００億点なんです！」

「人間誰しもプラスもマイナスもあるって！　いいとこばっかりじゃつまんないって

～！」

「そういう感覚でいること自体がマイナスなんです！　もう、さっきの言葉撤回！！！」

「撤回しないでよ～！　ちゃ～んとあたしを崇拝していいんだからねっ♡」

「二人とも！　収録始まるよ！」

さなさんとのじゃれあいはＩＭＡＩさんの鶴の一声で収まった。私たちは慌ててスタジオに向かった。

「はぁー疲れた」

さなさんが大きなあくびをした。収録を終えて楽屋に戻ると、私でも安心して伸びの一つもしたくなる。

「今日の収録なかなか大変だったよね～」

「ところで、さなは本気であの馬が勝つって思ってるの？」

「思ってるよ。あたし、単純にあの馬好きなんだけど本命路線すぎたかな？　やっぱり視聴者はあたしに穴馬狙ってほしいって思ってるもん？」

「えー、どうなんだろう？　わかんないな～」

二人の会話って、本当に友達同士みたい。ＩＭＡＩさんは確か大学生だったはず。

さなさんっていくつなんだろう？　もしかして同い年なのかな？　お互い呼び捨てだし。そんなことを考えている私にさなさんが声をかけてくる。

「まーな、この後一杯どう？」

「一杯って、もしかして……」

「そのとーり！　居酒屋さんでご飯でも食べてこーよ！」

さなさんはシッカリ答えてくれた。

「そうですね。話はすごく聞きたいんですけど……」

先日の飲み会を私は思い返す。別れ際、ＩＭＡＩさんとさなさんはホテルに……。

「どうしたの？　まーなったら顔が赤いよ、熱でもあるの？」

聞くか聞くまいか悩んだ私。えーい、でも気になるので聞いてみよう。

「さなさん、先日別れ際にＩＭＡＩさんとホテルに入りましたよね？　その、朝まで一緒だったのですか……？」

「うん、朝まで一緒。もう眠たくなって一緒に寝ちゃった」

「あ！　そういう感じですか！　よかった」

「待って待って！　まーな。まーなったらまだ子どもなのに！　もしかして、そういう話期待してたの？」

「何の話ですか？　期待なんかしてませんよ！」

ＩＭＡＩさんはニッコリほほ笑みながらこんなことを言い出す。

「でも、さなは激しいんだよ〜」

完全にからかわれている！　私はムッとして反論する。

「何がどうやって激しくなるんですか!?　女同士なのに、無理でしょ!!」

「まーな。もしかしてすごくいろいろ知ってるんじゃない？　彼氏いたとか？」

「いません！　いたことありませんから」

「じゃあ処女なんだ〜」

「もう、やめてください。そういう質問、ほっといてください」

「図星なんだ〜」

「もういいですから！　もう、今日は行きませんから！　全く、ピュアな私を弄んで！！！」

付き合っていられない。私は荷物をまとめて帰ろうとする。

「まーな。そう言わずに！　まーなの大好きな株のこと、お金のこと。教えてあげるよ！」

「ちょっと待ってください。なんか私がお金大好きな人みたいになってるじゃないですか！」

「あれ？　お金が好きなんじゃないの？」

「そりゃ嫌いじゃありませんけど、お金だけが目的じゃありません。私はあくまで私の知らないことを知りたいだけです。知的好奇心目的です」

さなさんは驚いた顔で話しかけてきた。

「まーなってやっぱりメチャクチャ真面目なんだ！」

「ほっといてください！　さなさん、あなたが不真面目すぎるだけです！」

「もういいって、このくだりおなかいっぱいだって！　じゃあ教えてあげるから居酒屋行こうよ」

「居酒屋はやめましょうよ……。楽屋で教えてくださいよ！　ジュース飲みながらでいいですから」

「えー、ここで？　しょうがないなー。ごめんＩＭＡＩ、まーなと話があるから先に帰ってて」

「えー！　私だけ仲間外れはやめてよ！　私も話聞きたい！」

私は思わずＩＭＡＩさんにツッコミを入れる。

「ＩＭＡＩさんはやらないでしょ！」

「何を？」

「株式投資とか資産運用です」

「うーん……確かに興味ないけど。でも、一応聞いとこっかな！」

その時、さなさんが口を開いた。

「ＩＭＡＩ、チューハイ買ってきてよ。この話長くなるからさ。まーなは何がいい？」

「お茶でいいです」

「わかった！ ちょっと売店行ってくるね」

立ち上がるＩＭＡＩさん。ＩＭＡＩさんはいったい今日何回売店に行くんだろうか……。


そして、さなさんのお金の話が始まった。

「一般の人って増やそう増やそうって攻めばっかり考えるんだけど、資産運用をしていくうえで最も大切なことは守りだからね」

「守りですか？」

「そう！ だっていくら稼いだって、結局全部スっちゃったら元も子もないでしょ？」

「確かにそうですね」

「例えば、水道。水道の蛇口をひねっていっぱい水が出るっていうのは良いことなんだけど、結局それを受ける器がなければ垂れ流しになっちゃうじゃない？　だからきっちりとバケツを用意したり、水の出てくる量を調整して受け止めることが大切なの。お金も一緒だよ」

さなさんは思い出したように私に問いかけた。

「そういえば、まーなって一人暮らし？　それとも実家？　あんたの年齢だったら、もちろん実家暮らしだよね？」

「実は私、学校に住んでるんですよ」

青ざめるさなさん。

「ごめん、まずいこと聞いちゃった……？　特待生って聞いてたけど……家のないかわいそうな……」

「あの、そういう言い方やめてもらえます？　そういうのではありません」

「学校に住んでるってどういうこと？　そんなケースあるんだ。公園に住んでたり、橋の下に住んでる人は見たことあるけど……」

「違います！　勘弁してください。そういうのじゃないですから！　特待生特別待遇で学校の最上階の寮で暮らしてるんですよ。特待生制度目当てでお座敷学園を選んだっていうのもあります」

「すごっ！　そんな仕組みになってんの？　あの学校！　すごいな〜、私もその部屋行ってみたい！」

「や、やめてください！　さなさんが来たら事件が起きるだけですから！」

「おい！　まーなったら、あたしのことなんだと思ってんのよー！」

さなさんが手刀《てがたな》でツッコミを入れてくる。

「こんな芸人のようなさなさんをファンが見たら悲しむかも……」

「大丈夫だって！　これも含めてあたしなんだから！」

さなさんがふと気づいたようにまじまじと私の顔を眺める。

「そういえば前から気になってたんだけど、まーなの目って発光してるんだ。すごいじゃん！　コンタクト？」

「これは私が作ったLEDコンタクトです」

「LEDコンタクト？　何か役に立つの？」

「片目だけですが夜間でもしっかり見えますし、神経と連動しているので片目をつぶって集中すると片眼鏡のように意図的に視力を上げることができるんです」

　さなさんは驚いている。

「それ、すごい発明品じゃないの？」

「Bluetooth 連動すれば録画もできますし、他にも専用ソフトを使った応用技術の研究をしてます」

「マジすごいじゃん！　録画か〜……いいねそれ！」

　さなさんの顔がにやけだした。つくづく不届きなことしか考えない人だ。

「もう！　邪《よこしま》な目的で使わないでください。これはあくまでドライブレコーダーのように社会に役立つための技術なんですからね！　さなさんみたいな盗撮目的は困ります！」

「あ！　バレた……」

　ちょうど、ＩＭＡＩさんが売店から帰ってきた。

「買いすぎちゃったかも〜！　重いよ〜！」

　ＩＭＡＩさんは大量のお酒を買ってきたようだ。宴会でも開く気だろうか？　さなさんがチューハイを手に取り、私にもお茶が配られた。

「それじゃあ始めるよ！　まず言っとくけど、資産運用ってそんな簡単なものじゃないからね！」

さなさんが急に真面目な顔になる。

「金融商品と呼ばれるものには株式・債券・投資信託と多数の物があるの。それぞれの性質と内容について理解しておかなければならないわ。そういえば最近『億り人』や『FIRE』という言葉がはやっているけど、その二つは特に気にする必要ないから」

IMAIさんが口を挟む。

「FIREって火事?」

IMAIさん、なんでこの話を聞こうと思ったんだろう……。IMAIさんは最低限の知識も持ち合わせていないようだった。

「FIREっていうのはFinancial Independence, Retire Early の頭文字で、経済的自立を目指して早期退職することだよ」

「働かなくても生活できて、奨学金返せるならそれがいいね!」

のんきなIMAIさんのセリフに、さなさんは少し厳しい目をする。

「でもそんな理由で本当にFIREしちゃったら、人間の成長も止まっちゃうし社会との接点もなくなっちゃうからダメ!」

納得したようにうなずくIMAIさん。

「だから、さなはいつでもＦＩＲＥできるけど、仕事してるんだ！」

私は驚いた。さなさんっていったい何者？　深くは知らないけど、今のＩＭＡＩさんの言葉からすると……もしかしてすごい人？

「まーな、何を考えているの？　あたしのことはいいの！」

こ、心を読まれた……。

「まず一番簡単な計算式でＦＩＲＥにいくら必要か計算してみて！　計算式は１年間に必要な金額（年収でもＯＫ）×25。計算できた？」

「私だと、年収４００万円くらいだから……１億！　え……」

計算してみたらしいＩＭＡＩさんが自分の言葉にビックリしたような声を出す。

「ＩＭＡＩさんの年収４００万円なんだ……。でも大学生でその額ってすごい。やっぱりアイドルってすごい……」

さなさんが面白そうに笑い出した。

「まーなったら全然違うこと考えてるじゃん！」

「すみません」

ＩＭＡＩさんが悲しげな声を上げる。

「１億円なんか貯められるわけないじゃない！　ＦＩＲＥどころか気持ちが灰になっ

ちゃった……。てんで無理だよ」

「だよね！　年収400万のIMAIが生活費抜きにして25年かかるんだよ！」

追い打ちをかけるさなさん。IMAIさんはガックリと肩を落とす。

「給料だけ別枠だったら47歳でFIREなんだけどなぁ〜。いつそのこと、愛人契約でもしてお金貯めてFIRE目指して……」

「そう！　そういうことだよ！」

さなさんがIMAIさんの両肩に手を置く。

「愛がないのにそんなこと、私にはとてもできないよ……」

「そうじゃなくて、給料以外でお金を稼ぐってこと。もちろん合法でだよ！」

さなさんがニッコリとほほ笑む。

「もうこれ以上、仕事を増やすなんて無理だよ。学校もあるのにバイトなんかできないよ……」

二人のやり取りが私の脳に刻まれた。なるほど、そこで投資という選択が生まれるのか……。私はすでに投資の重要性を理解していた。しかし先立つものがない……。そう、軍資金だ。資産運用するためには株や債券などの金融商品を購入しなければならない。それはわかっている。ただ、それらを購入するための軍資金がないのだ……。

ＩＭＡＩさんもさなさんの説明で、本業以外に稼ぐという趣旨は理解したが納得いかないようだ。

「でもそんなにうまくいくとも思えないし、欲しいものは買いたいの！」

駄々をこねるＩＭＡＩさん。

「ＩＭＡＩがＦＩＲＥしたいなら、６０００万円を年利４％で運用すれば１年間に２４０万円の利益が生まれるよ！　それくらいあればなんとか生活できるんじゃないかな？」

ＩＭＡＩさんはすかさず返答する。

「だから、その６０００万円がないんだって!!」

そのとおりだと私もうなずく。

「軍資金を作って投資して、ためて運用する。この順番は崩せないよね！　だから、まず軍資金を作るところからだね」

さなさんは当たり前のことを言う。ＩＭＡＩさんは困ったように口を開いた。

「軍資金はどうやって作るっていうの？　さなみたいに3連単でいきなり８０００万円が的中しないと無理じゃない？」

え!?　さなさんって８０００万円の馬券的中させたの??

「あたしはたまたま！ でも、軍資金だけはコツコツためるしかないよ！ だからこのＳＴＥＰで挫折する人がほとんど。節約してためてもよし、競馬で増やすもよし！ いろいろやり方はあるよ！ ただ……」

「ただ⁇」

「ただ、その節約や競馬などによってできた利益分をどれだけ投資に突っ込めるかがポイントなの。早く大きく突っ込めればその分『億り人』に近づくよ」

その時、楽屋の扉が開いた。マネジャーの竹下社長とありささんだ。

「あれ？ あなたたちまだ残っていたの？」

社長が驚いた顔でこちらに話しかけてくる。

「ちょっと雑談してたのー！ おねーちゃんとマスクマンどうしたの？」

「マスクマン……」

その愛称に笑いそうになる私。

「衣装について相談があるっていうからありさの楽屋に行こうと思ったら、あなたたちの楽屋から声が聞こえたからのぞいてみたの」

さなさんはすかさず社長に話しかける。

「おねーちゃん、私たちと同じユニット組んでるのになんでマスクマンだけ楽屋が別なの？」

　確かに、それは以前から疑問だった。私とＩＭＡＩさんは社長の返事を聞き漏らすまいと聞き耳を立てる。

「それはね、ありさが秘密でいないといけないから」

「中の人が？」

「そうね」

　淡々と返答する社長。

「マスクマンには失礼だけど、アイドルって顔の美醜《びしゅう》だけじゃないよ！　別にそんなかぶり物、かぶらなくたっていいじゃん！　素顔でファンの前に出なよ！」

　さなさんが食ってかかる。

「さな、その言葉はありさに失礼よ！　まあ、ありさにかぶり物をかぶせて失礼しているのはこっちだけどね。ありさという役はこのマスコットであり続ける必要があるの。いったい中身が誰なのか、ファンの想像を膨らませる演出も必要よ」

「じゃあ、せめてあたしたちには見せてよ！　マスクマンの中の人！」

　さなさんのその言葉を聞いた社長は傍らのありささんを物言いたげに見つめた。ありささんはうなずき、かぶり物に手をかけた。私とＩＭＡＩさんはごくんと唾を飲み込んだ。いよいよ、ありささんの正体が白日の下にさらされるのだ。

「絶対に笑わないし、誰にも言わないから！」

さなさんの誓いの言葉とありささんがかぶり物を脱ぐのは同時だった。

「はじめまして。私が二代目ありさです」

マスコットのかぶり物の中から現れた女性の素顔。さなさんは持っていたチューハイを床に落とす。カラーンとアルミ缶が床に当たる高い音が楽屋に響いた。

「え！　えー!!」

金髪のロングヘアがエアコンの風になびく。ＩＭＡＩさんが感嘆の声を漏らす。

「すごい美少女……」

あの美人なグラビアアイドルのＩＭＡＩさんも圧倒されるほどの美少女がかぶり物の中には隠されていた。

「おねーちゃんどういうこと　この子、かぶり物なんかしてたら絶対もったいないって！」

「だから、ありさという役はマスコットなの」

社長はキッパリと言い渡した。

「ごめんね！」

さなさんが、ありささんに謝る。ありささんは優しくほほ笑む。美少女の笑顔はまばゆいばかりだ。

「こんな美少女が中の人だなんて反則だよ！　でも、あたしはこれからもマスクマンって呼ぶからね！」

「え⁉」

私とＩＭＡＩさんは不意を突かれたような声を出す。さなさんはこの期に及んでまだマスクマンという愛称を諦めないらしい。

「はい」

そんな不躾《ぶしつけ》なさなさんに対し、ありささんは快諾してくれた。なんだかありささんはとてもうれしそうに見えた。

帰宅後、私は寮のベッドに寝転びながら今日の出来事を思い返していた。

今日はいろいろなことがあったな。ありささんの中の人、確かに美人だった。でもどこかで見たことがある気がする。また調べてみよう。あと、軍資金か……どうすればいつも節約はしているのだが……。そうか、節約をするだけではいけない。さなさんは節約で浮いたお金を回す、と言ってたな。

私は思い悩みながら眠りについた。ことによると、今夜は軍資金をかき集める夢を見てしまうかもしれない……。

STORY 5

能力測定

ミーンミンミンミン。窓の外で蝉の鳴く声が聞こえる。今日も暑い1日になりそうだ。うだるような外に反して、室内はクーラーが効いていて快適だ。そう、私は学生らしく夏期講習に来ている。研究は順調だ。LEDコンタクトレンズも、アプリとの連携が完了した。膨大なデータとのリンクも無事成功だ。研究を続ける傍ら、学業とアイドル活動にも手を抜くわけにはいかない。なかなかに多忙な毎日、さすがに陰キャな私でも学生とアイドルを両立しなくてはという自覚が芽生えてきた。

今回の夏期講習の舞台は湘南海岸が一望できる施設だ。ここにさまざまな学校の生徒たちが集まっている。学生なら誰でも参加できるというわけではない。各校からえりすぐりの生徒のみが受けることのできる特別授業というわけだ。競馬道に興味のない私がわざわざ夏期講習に出るというのもおかしな話だが、過去この学習プログラムをこなした生徒の中には特別な能力を開花させた者もいるという。そんなうわさを耳に入れて、参加しない手はない。わが校からは４名。見飽きた顔連れだ。三原に童夢、お嬢だ。やれやれ、たまにはこのトリオ以外の顔が見られないものか。本来ならば私のポジションに山口がいるはずだが、ここは椅子取り合戦で私が先に枠を確保したため申し訳ないが譲ってもらった。私はどうしても興味があるのだ。特別な能力が開花するという学習プログラム。ただ、それだけだ。

私の目の前に小柄な少女の後ろ姿が現れる。見たことのある少女だ。

「久しぶりだな、この夏期講習には中等部も参加できるのか？　君は優秀だな」

「は？　中等部？　ケンカ売ってるの？」

声をかけてみると、緑色のツインテールがメリーゴーランドのように半回転した。以前私にケンカを吹っ掛けてきた池田里美だ。

「あんたはいつぞやの！　あの時の決着をつける時が来たわね！」

「君は侍か？　久しぶりの再会の挨拶がそれか？」

私は相変わらずの里美を見て少しほほ笑んだ。

「って、そんなこと言ってる場合じゃないわ！　あたしは中等部じゃないって！」

自分のセリフにツッコミを入れているのだろうか？　気がついたように声を荒らげる里美。里美の大声に辺りの生徒の視線が集まる。

「すごく元気な子がいるね」

「あの勢い、いつまで続くかな？　まあ、ウチらには勢いだけじゃ通じないけどね！　行こっ、たまき」

ギャルっぽい二人の生徒が教室に入っていく。

「ほら、大声を出すから他の生徒もビックリしているじゃないか」

「あんたがシッポ巻いて逃げ出すからよ！」

「池田里美、とりあえず教室に入ろうじゃないか」

そう言い残し、私は先に教室へ向かった。

「だから、フルネームはやめてって言ってるでしょ！」

里美が後ろから追いかけてきた。そして、入り口でもう一人の少女に声をかけられる。

「あれ？　里美のお友達？」

サラサラの桃色のロングヘア。以前、朱龍学園を案内してくれた島崎利絵だ。朱龍学園代表として、彼女が来ているのも当然かもしれない。

「利絵！　友達なんかじゃないって！　こいつ、あたしとの勝負に怖気《おじけ》づいて逃げたもんだから、今回こそは決着をつけようと！」

「仲がいいのですね」

必死に弁明する里美をよそに、島崎は穏やかにほほ笑む。

「いや、こんなヤツは知らない」

私のそっけない返答に里美と島崎は驚いたようだ。

「ちょっと！　あんた、さっきあたしのことフルネームで呼んでたじゃないの！　記憶喪失なの？」

里美が、かみついてくる。たっぷり間を空けてから、口を開いた。

「冗談だ」

里美の表情に笑みがこぼれた。

「なーんだ、ビックリするじゃないの！　あんた、そういうタイプなの？」

どういうタイプなのか知らないが、話を合わせておこう。

「OH!!　MANA先についていたデスカ？」

聞き覚えのある声だ。麦わら帽子に白いドレスを着こなし、心地よい風に金髪のツインテールをなびかせてやって来るお嬢。私は気品あふれるお嬢のリゾートスタイルに驚いた。いつもの見慣れた和服から受ける活発な印象とは大違いだ。これが本当のプリムローズの姿なのか……。

「真愛さん」

声をかけられて、われに返った。お嬢の両サイドに控える三原と童夢に気づく。いつもの着物姿の二人に安心感を覚える。

「和洋折衷なトリオね！　水戸黄門かなんか？」

里美の言葉に思わず笑ってしまった。洋風令嬢をセンターに脇を固めている和服の二人。なるほど、言い得て妙だ。

「ＯＨ！　ＳＨＩＨＯ！　ウケているデース。良かったデスネ～！」

お嬢の言葉に、童夢はあきれたように吐き捨てる。

「プリム、あたしらばかにされてんだよ」

「ＮＯ！　笑うのはいいことデース！　人から笑いを取ると、幸せではないデース！」

「いやプリム、そういう意味じゃないんだけど……。まったく、ホントにプラス思考だな」

機嫌悪そうにしていた童夢の口元も、幾分ほころぶ。

「水戸黄門はいいから、あんたよ、あんた！」

里美は私に詰め寄る。

「なんだ？　池田里美。怖い顔して」

その言葉に、ますます顔を真っ赤にさせる里美。

「フルネームやめてって言ってるでしょ！」

「すまないすまない。あまりにも覚えやすかったから」

里美は地団太《じだんだ》を踏んで暴れる。

「全然反省してないでしょ！　わざと言ってるでしょ！」

そろそろキレる寸前だろうか？

「いや、わざとではない。知っててやってるんだ」

里美がたまりかねたように声を張り上げた。

「ちょっとあたしが小さいからってばかにして！　ふざけないでよ！」

その言葉に、辺り一面が静まり返った。この場は流すべきと踏んだ私は、すかさず童夢に視線を送る。私と視線の合った童夢は慌てて弁解する。

「待って待って！　あたしはチビとか言ってないし！」

よりによって、地雷を踏む童夢。里美は大噴火し、今度は童夢に食いかかる。

「チビってなによ！　あんたみたいなのに、悪口言われる筋合いはないから！」

完全にターゲットは童夢に移った。私はそんな二人を尻目に、割り当てられた席を探す。着席すると、私は改めて考えた。こんな講習プログラムを受けただけで、本当に能力が向上するなどあり得ない……。懐疑的な私をよそに、チャイムとともに講習が始まった。

朝の9時から16時までの講習プログラムが終わった。一息つけるのは、1コマごとの15分の休憩と昼休みだけだ。これが月曜日から金曜日まで、たっぷり残り4日あると思うといくら私でも辟易《へきえき》する。夏期講習にはすごい人数の生徒が参加している。それもそのはず、全都道府県の代表が数人ずつ集まっているわけだから、合計200人近く……いや、それ以上いるのだろうか？　競馬道が政府に認められて以来一大ブームとなり、この競技に携わる者が増えていることを痛感した。もちろん、騎手希望者もいれば調教師希望者もいる。私のように予想家を志す者もいる。それでも少子化の進むこの国で、これだけの人数が集まるとは……。一体国民の何パーセントの人間が競馬というものに関わる時代なのだろうか？　私はそんなことを考えながら宿舎に戻った。

翌朝、目が覚めるとともに今日のスケジュールを確認する。2日目のプログラムは、覚醒能力測定と書いてある。覚醒能力の測定とは……？　私には全く理解できない。半信半疑で三原たちと合流し、測定会場と記された会場へ足を運ぶ。

ここは……お寺だろうか？　目の前の看板には〚夏期講習 覚醒能力測定会場はＢ１Ｆ〛と書かれている。こんな所で一体何をさせようというのだ。私はそう思いながら地下への階段を下りていく。もしかして、これは地下道か？　何があるって言うんだ、こんな地下に。どこからかお香の匂いが漂ってきた。辺りは真っ暗、照明一つなく松明《たいまつ》だけの明かりで廊下を突き進む。真っ暗な廊下をひたすらに進んでいく。

「な、なんだか怖いですわね」

臆病な三原はおびえたような声を出す。

「真っ暗で面白いデス！　ＤＵＮＧＥＯＮなのデース」

お嬢だけはウキウキだ。しばらく薄暗い廊下を突き進み、出し抜けに大きな扉が現れる。扉を開けると、開けた空間が待ち受けていた。ここは……待合室か。待合室も松明がついているだけの薄暗い場所だ。私たちは用意されている席に座った。数分後、奥の扉が開き部屋の中から女子生徒が数人登場した。

「はぁ、ダメだった〜。私たちって何も能力ないんだ……」

「まあまあ、でも頑張って勉強すれば、いけるところまでいけるはずだし！」

「勘はいい線ついてるからね！」

口々にさざめきながら、他校の女生徒たちが目の前を通り過ぎていく。どういうことだろう？　能力がある？　ない？　何の話だろうか？　私は考え込んだが、結論には至らない……。その時、再び扉が開いた。奥から一人の女性が顔を出す。

「はい、お待ちになっているのは、次は……えーっとお座敷学園の方々ですかね？」

「ＹＥＳ！　そうデーッス！」

お嬢が喜び勇んで立ち上がる。

「それでは部屋の中へお進みください。暗いので、足元にお気をつけください」

暗がりの中、うっすらと松明の光だけが私たちを照らす。

「さあ皆さん、中心の畳の部分へお進みください。そして正座でお待ちください」

なんだ、これは。新手の宗教法人か？　周りをキョロキョロと見回したが、何もわからない。そして４人は畳の中央で正座をした。

「それでは目をつむり、黙祷してください」

案内人からアナウンスがあり、部屋が静まり返る。これで能力が引き出されるっていうのか？　こんなことで競馬の何ができるようになるっていうんだ？　あり得ない……。私はそう思いながらも素直に正座をした。

数分たったのだろうか、足がしびれてくる。いつまでこうしていれば良いのだろうか……。うっすらと目を開けて、隣にいる童夢や前列のお嬢と三原の姿を見てみる。

ど、どういうことだ？

私は思わずまばたきをする。お嬢と三原の身体に、白いオーラのようなものがまとわりついている。童夢と私の身体には何ともないようだ。何なんだ、これは……。そしてどれくらいの時間がたったのか、先ほど案内をしていた女性がお嬢から順番に封筒を配る。

「はい。それでは封筒を開けてください。そして中身はご自身だけが見てください。そして確認しましたら、その紙を封筒に戻しその場に置き退出してください」

何なんだ、これは……。本当に宗教なのだろうか？　私は面食らいながら、封筒の中に入っている紙を取り出してみる。折りたたまれた紙を開くと、中には『努力』と書かれていた。その文字は松明の光に反応しているのか、白く光っているようにも見える。ブラックライトに反応して浮かび上がる文字のようだ。

『努力』だと？　どういうことだ？

私にはその意味が理解できなかった。わからないながらも、言われたとおり封筒に紙を戻し座席に置いた。

「はい。それでは皆さまお疲れさまでした。これで今、現状の皆さまの測定が完了しました。今回が全てではありません。最終日にもう一度この測定を行っていただきますので、それまで頑張って講習を進めてください」

そして、私たちは部屋から退出した。

「この測定ってなんなんだよ、ふざけるな！」

童夢が小さく不満をこぼした。

「なあ、童夢の紙には何て書いてあった？」

私は童夢に質問する。

「あたしの紙には『努力』って書いてあったよ」

『努力』か。私と一緒だな」

私たちの会話を聞き、三原が驚いたように話しかけてきた。

「え、努力ですの？　わたくしの紙にはカミワクって書いてありましたわ」

何だ何だ、どういう字だ。

「漢字は神様の神に、枠連の枠ですわ」

「お嬢は何て書いてあった？」

「プリムは『覚醒』デース！」

『覚醒』？　なぜお嬢と三原の文字は、私たちと違うんだ？　もしかしたら、あの身体にまとっていた白いオーラと何か関係があるのでは？

「ことりちゃん、競馬でいう枠というのは前にも説明したかけっこするお馬さんが１頭または複数がチームに……」

三原はこの暗闇の中、誰と話をしている？

ことり？と言ったように聞こえるが……

私は平静を装いながら、口を開いた。

「そうか。まあ、気にせず夏期講習をしようじゃないか」

「みんなそれぞれ違うんだな。あれは神のお告げか何かか？　そんなことより、昼からの授業があるし教室へ向かおうぜ！」

白いオーラの謎を抱えながら、童夢の声とともに私たちは教室へと戻った。

私はその日の晩、Ｗｉ－Ｆｉのつながる共有スペースで今日の測定のことを調べていた。パソコンで調べたら、何か手がかりが見つかるかもしれない。検索ワードは「競馬道　夏期講習　文字」。さあ、この３ワードで何か引っかかるか？　すると、驚きの表が表示された。思わずため息が出てしまう。そういうことだったのか……。しかし、そんなものがなぜ？　その瞬間、誰かに肩をたたかれた。

「こんな所に来てまで、研究してるのか？」

黒髪の凛とした女性。海老沢先生だ。

「ちょっと今日の判定結果が気になって」

「ははーん、いち早く気にしてるんだ。武里にしては珍しいな。でも、確かにお前は気にするかもな」

「どういうことだ、先生？　何か知っているのか？」

私はすかさず先生に食いついた。先生は答える。

「私も学生の時は気にしていた。でも、一回目の測定って言われただろう？　あれは現在の能力の測定だ」

「能力？　何の？」

私はすぐに聞き返す。

「まあなんて言えばいいか……特殊能力とか超能力と言えばわかるか？」

「はぁ？　超能力？　そんな非科学的な話……」

先生は、ほほ笑みながら私の肩に両手を置く。

「そうは言うが、確かに人間には不思議な力が秘められているものなんだよ」

「超能力だのなんだの、そんなもの非科学的だ！　まるで理解できない」

私の反論に先生はほほ笑んだ。

「賢い武里ならそういうのは無理もない。とりあえず検索結果の表を見てみろ。書いてあることが全てだ」

先生はそう言うと、パソコンの画面をのぞき込んだ。表の１行目には『努力』という言葉が表示されている。『努力』という文字の表す測定結果は『無能力者』。

「『無能力者』ね……」

思わず、私の口からこぼれる言葉。『無能力者』という言葉の重みがのしかかる。

「武里は『無能力者』か、頭はいいんだけどなぁ。気にするな」

先生の言葉は全く励ましにはならなかったが、お嬢と三原の紙に書いてあったという文字が気になる。

「お前たち、どうせ全員『努力』だったんだろ？」

「さあ、他人のことには興味がないので」

私は話を流し、再び表に目を落とす。

お嬢の『覚醒』。覚醒は不定格要素を確定に導く能力がある。どういうことなんだ？　不定格要素を確定に導く？

次は三原だ。三原も何かの能力を持っているということか？　確か『神枠』だったな。しかしいろいろな能力があるものだ。『神枠』の文字を見つける。これが三原の能力。三原の能力は『ブラケットゾーン』。どういう意味だ？　選んだ枠番の馬の能力を最大限に引き上げることができる。これは予想能力ということか?ということは、あいつらはすごい予想ができるようになる素質を備えているというわけだ。能力というのは、このことだったのか……。

この能力を開花させる夏期講習。面白くなってきたな。私は笑みを浮かべた。

STORY 6

海辺のアバンチュール

夏期講習3日目の教室。三原とお嬢と童夢が談笑しながら窓から外を眺めていた。

そんな3人に、見慣れぬギャル風の二人が擦り寄ってきた。

「いい景色でしょ〜！」

「すごくきれいですよね」

三原が愛想よく答える。

「海がこんなに近いなんて、うらやましいですわ」

三原の言葉に彼女たちは満面の笑みを浮かべて、自慢げにこう話す。

「でしょ！　うちらは最高の場所に生まれ育って、マジ幸せ〜！」

ギャル風の一人が歓声を上げる。

「あの海岸べりの所、見える？」

もう一人は窓の外を指した。

「林のようなものが手前にあって、よく見えないな」

童夢が目を細めて答えた。

「見えにくいよね！　防風林っていうの。あれね、砂が１３４号線に飛んでこないように植えられている林なんだよ。その向こうにきれいな浜辺があるでしょ？　あれが湘南海岸。その湘南海岸こそがうちらのステージ！」

ドヤ顔で自慢するギャル。

「えっ！　砂浜がコース？　砂浜なんて、馬が走れるのですか？」

思わず三原が聞き返す。

「そうよ！　うちらはあのビーチ最速コンビ。自己紹介遅れたけど、うちが一ノ瀬夢《ゆ》杏《あ》。こっちが相棒の兎鉄《うてつ》たまき。よろしくね！　ホラ、たまきも何とか言って！」

「よろしく。世間では浜競馬って呼ばれることもあるけどね！」

「今回の夏期講習は予想部門だけだから、うちらの腕前を見せられないけど、またいつかその時を楽しみにしといてね！　一緒に走ろうよ！　海岸走るのって、すっごく気持ちいいからさ！」

目を輝かせて話す夢杏。

「海岸がコースになってるんだ。すごいな！」

「プリムは浜競馬もいいデスガ、海ハウスのイカ焼きが食べたいデース！」

驚いたような顔の童夢と、能天気にはしゃぐお嬢。思わず、私も笑みがこぼれてしまう。いかにもお嬢らしい言葉だ。三原が何か気になっているらしい。おずおずと口を開く。

「こちらはどこからどこまでのコースなんですか？　直線ですか？」

「アイビスサマーダッシュ的な直線コースだよ。若干弓なりになっているけど。塩風広場から虹ヶ浜って所までが一つのコースなんだよ！　ちょうど塩風海岸に輸送車をつけて、そのまま虹ヶ浜の方まで直線を走っていく感じ。すっごい気持ちいいんだよ。それでね……」

目を輝かせて説明する夢杏。夢杏はもっと話したいようだったが、無情にもそこで授業開始を表すチャイムが鳴った。休憩時間も終わり、夏期講習プログラムが再開される。そんな普段と変わらない授業を繰り返し受けて3日目が終わる。特に目を引くような教育プログラムもなく、能力開花する要素などみじんもない授業だった。これで本当に能力が開花するものなのか？　いぶかしく思っても、私たちは唯唯諾諾《いいだくだく》とプログラムに従うしかない。

その夜三原たちが湘南海岸に星空を見に行こうというものだから、私もしかたなく付き合うことにした。

「マジでこの砂浜走るの？　ありえなくない？」

童夢の言葉にうなずく三原とお嬢だが、騎手ではない私はそこまで共感できなかった。私たちはたわいもない話を続けながら夜の海を歩いていく。波の音が辺りに響く。月明かりに照らされた海辺は本当にロマンチックだった。普段、そのようなセンチメンタルな気持ちを忘れていた私をものみ込むこの風景。私は軽く目をつむり、心地よい風を感じていた。その時だった。

「ＳＨＩＨＯ、コレはかなりムーディーなのデース！」

そう声を上げて、隣の童夢の手を握ったお嬢。私と三原が二人のやり取りに目を向ける。月明かりに照らされたお嬢は女神のように美しく輝いて見えた。

「プ、プ、プ、プリム、ダメだって！　いくら王様ゲームのくだりがあったからって……あたしはまだ心の準備が……」

真っ赤になる童夢。私は先日の出来事を思い出した。夏期講習の初夜、お座敷学園の宿舎部屋に４人が集まった。今度、私の会社で発売予定のカードゲームを試遊してもらう運びとなったのだ。童夢はただゲームするだけでは面白くないと主張し、敗者

が罰ゲームをするという王様ゲーム形式のルールを採用した。まず、１人３枚罰ゲームの内容を紙に書く。敗者はこの札を引いて、内容に従うのだ。何を書いたらいいのだろうか？　すぐには適当なものが思いつかない。結局、今の気持ちで一句読む、物まねをする、歌を歌うなどというよくある内容のお題を書いておくことにした。そしていざカードゲームが始まると、場はそれなりに盛り上がった。ゲーム自体は三原の勝利だった。敗者となった私と童夢、お嬢が順番に罰ゲームの紙を引く。２着の私は１番、童夢は２番、お嬢は３番であった。

「ええと、なになに……」

三原が自分の引いた罰ゲームの文字を読み上げる。

「３番が……２番に……キスをする……？」

「誰がそんなことを書いたのだ⁉」

私は声を荒らげてしまった。

「あ、あたしだけど……」

童夢がおずおずと挙手する。

「なんか王様ゲームって、そんな感じだろうと思って……」

童夢が消え入りそうな声で呟いた瞬間、お嬢の唇が童夢の唇と重なった。時が止まったかのように思えた。固まる私たちを尻目に、お嬢は優しく童夢を抱きしめる。

「ハイ！　罰ゲームのミッションコンプリートなのデース！」

元気はつらつ、笑顔で歓声を上げるお嬢に対し、童夢が身体を震わせながら口を開く。

「あたし、あたし、初めてだったのに……」

なんと、あの勝ち気な童夢の瞳からうっすらと涙があふれている。

「ＳＨＩＨＯ大丈夫デース！　ＫＩＳＳは挨拶なのデース！」

お嬢の返事を意に介せず、童夢は立ち上がり、

「プリムのバカヤロー！」

そう叫んで部屋から走り去ってしまった。あまりの出来事に三原と私は、あぜんと見ているしかなかった。


そんな出来事が初日にあったことを思い返す。

「童夢のファーストキスか……」

小さく言葉を漏らしてみる。目の前の月の女神のようなお嬢に迫られたら、落ちない男はいないと言っても過言ではない。そう言って差し支えないほど、今のお嬢は美

しく映えている。あの勝ち気な童夢ですら、頬を赤らめて乙女のような表情でお嬢を見つめている。そして、童夢はゆっくりと目を閉じた。隣の三原が両手で自分の口をふさぐのがわかった。お嬢が童夢に一歩、歩み寄る。私は２度目のキスシーンを目撃することになるのだろうか？　あの時のように、波の音だけが辺りに響いていた。静かな闇の向こうから、遠くで営業しているらしいラーメン屋の屋台のチャルメラの音が聞こえていた。時が止まったかのような静けさが支配していた。お嬢がもう一歩、童夢の方へ足を踏み出す。来るぞとばかりに三原が生唾を飲み込む音が、静まり返る中に響いた。童夢は夢見心地で、初心《うぶ》な乙女のように目を閉じている。そして、満を持してお嬢が口を開いた。

「ＳＨＩＨＯ！　ラーメン、近くにあるデース。プリム、食べたいのデース」

私と三原は目が点になった。童夢は強く拳を握り締め、身体をフルフルと震えさせる。

「プリム、なんなんだよ！　あたしを何だと思ってるんだよ、もてあそんでるのか！」

怒鳴るようにプリムに食ってかかる童夢。その瞬間、お嬢は童夢を温かく抱きしめた。

「プリムはＳＨＩＨＯが大好きデース！」

再び時が止まった。怒りに震えていた童夢は、完全に毒気を抜かれて脱力した。お嬢のテクニックは完璧だ。あれで落ちないわけがない。私はそう確信した。


そんな夜も終わり、残りの夏期講習もあっという間に終わってしまった。最終日にもう一度あの地下道で能力判定を受けたのだが、もちろん私たちの結果が変わることはなかった。確かに競馬道の知識は増え、知り合いも増えた。しかし、結局いたって普通の何の変哲もない臨海学校だった。

「何が能力開花の講習だよ！　ふざけるな！」

童夢が悪態を吐く。お座敷学園に戻ってすでに一週間がたった童夢は、あの時の事件はすっかり忘れたかのようにいつもの元気を取り戻していた。私はといえば、最近は競馬道を学ぶ女子高生たちによる各校選抜戦のタッグワイド予想大会の司会をしている。そう、Alisa projectのメンバーとしての生活も再び始まったわけだ。今回のタッグワイド予想大会では、あの夏期講習に集結していた優等生たちが集う。当然、わが校からも代表が選ばれた。わが校の代表は童夢と三原。なぜお嬢が選出されなかったのかは不思議だが、あの二人ならそこそこ善戦してくれるだろう。私はそう思っているけれど、お座敷学園の出番は今日ではない。

タッグワイド予想大会とは、各校の代表２人がお題レースの予想馬を３頭選ぶものだ。重複しなければ多くの買い目となり、重複した際はボックス頭数は減るもののそのぶん得点が増加されるという仕組みだ。この馬券はワイド馬券。２人の生徒が選んだ予想馬の中から３着以内に入着する馬が何頭出るかを競う競技である。初回では10万点を保有し、的中時には他校の保有ポイントが配当と同ポイント分減点される。点の奪い合いをするわけだ。お題の５レースが終了するか点数が０になった時点で終了し、保有ポイントの多い学校から勝利、順位が決まるルールである。

タッグワイド初日にして私は信じられない光景を目の当たりにしていた。観客席からは大歓声が沸き起こり、二人の少女にスポットが当てられている。圧倒的大差だ。この二人が優勝してもおかしくないと思えるほどの実力の持ち主だ。

隣のＩＭＡＩさんが司会を進める。

「それでは聖ヴィーナス学園と寿高校の第３ラウンドです。次の問題はＮＥＯ益田競馬場の第６レースがお題となります」

私はＩＭＡＩさんとアイコンタクトを交わした。次は私が説明する番だ。

「ＮＥＯ益田競馬場６レースは１４００ｍです。最後の直線が長いので差し馬が有利というデータはありますが、いかがでしょう？」

ＩＭＡＩさんに振る。

「ＮＥＯ益田の最終直線長いから、やっぱり末脚勝負になると思うよー」

私は司会席のパソコンにて、「当てる君」の画面を表示しながら出馬表を確認する。「当てる君」の的中率は70％。この「当てる君」こそが差し馬を推薦している。内枠３頭は先行、外枠３頭が差し馬となっている。

「やはり末脚勝負だと私も思います。外枠ですかね？」

そう答えて当然のデータ結果が表示されている。決まりだな。しかし２レース連続で３頭的中はあり得ない。２レース連続で３連単を３頭ボックスで的中させているのと変わらない。そんなことができるのか、たまたまにしては偶然すぎる。そんなことが果たしてあり得るのか、私は悩みに悩んだ。

一体２校はどういう予想を出してくるんだろう。まさか３レース連続的中ってことはないだろう。しかしあの秋山桜、恐ろしい。横の猫はお飾りのようなものだが、時々仕掛けてくるあのボックスワイド作戦はかなり破壊力がある。あの秋山桜とやら、一体何者なんだ？　どんな能力を使っているんだ？

「新機能『能力測定』を使ってみよう」

私は秋山桜の顔を凝視し、ＬＥＤコンタクトに映し出される能力指数を確認する。

ＬＥＤコンタクトには見たことのない数値が表示されていた。

「３１５……うそだろ？　あの猫のステータスは１５５、秋山桜は３００台だと……。そんな学生がいるのか？　あり得ない」

私は秋山桜の推薦馬が気になる。

「まずは寿高校の予想発表からいきます」

ＩＭＡＩさんの声が会場に響きわたる。

「葛西選手は４番、５番、６番です。続きまして瀬川選手の発表です」

ここで寿と予想がかぶらないと厳しい展開となるだろう。ただ、このコースを知っていれば必然的に予想は外枠となるだろう。

「瀬川選手、かぶりました！　葛西選手と同じく４番、５番、６番です」

会場に拍手と歓声が上がる。

「これはこの３頭で決まるとボーナス得点となりますね！」

ＩＭＡＩさんの質問だ。

「オッズによりますけど、このタイミングでの重複ボーナスはいい感じですね！」

私もバトンを返す。

「次に聖ヴィーナス学園の予想発表です。唯野選手は1番、4番、5番。差し馬2頭と逃げ馬1頭を絡めています」

ついに私の気になる秋山桜の予想が見れる。どうせ4番、5番、6番だろう。実績ベースで考えると、これしかない。しかし秋山桜は私の理論、そして「当てる君」の分析とは裏腹な回答を出してきた。

「おーっと！　秋山選手は1番、2番、3番です。先行馬3頭を選んできました」

再び観客から拍手と歓声が沸く。

「ちょっと得点に余裕があるからといって大穴狙い過ぎだろ！　秋山はバカなのか？　このコースは差しに決まっているだろー！」

私の真後ろの一般客がヤジを飛ばす。私も同感だ。このレースでは逃げきれない。連勝はストップだ。ただ、点数差はあるので勝利には間違いないだろう。馬たちがゲートに向かう映像が流れている。ＩＭＡＩさんが秋山桜に質問する。

「秋山選手、自信のほどはいかがですか？　3連続的中がかかっていますね！」

「『妖幻流単複馬券術』をお見せします。この3頭からは力を感じます」

秋山桜は手前のマイクに強気発言で返す。

『妖幻流単複馬券術』だと？　能力者か……。ならば、あの能力指数もあり得るかもな」

これは結果が非常に楽しみだ。

ゲートが開き各馬が走り出した。もちろん内枠の３頭が先頭を切る。ここまでは予想どおりだ。

「第４コーナーに差し掛かりました。残り７００ｍですが、スローペースです」

ＩＭＡＩさんの司会とともに歓声が上がる。最終直線でのたたき合いがモニターに映し出されている。

「前が頑張る、前が残る！」

ＩＭＡＩさんの実況とともに着順は変わらなかった。そんなばかな……！　私はうつむき、「当てる君」の画面を見ることしかできなかった。回答席のマイクから声が聞こえる。

「桜しゃん、すごいにゃ！　完璧にゃ！」

秋山桜の相棒の結野紫彩が秋山に抱き着き、的中を称えている。

「秋山選手、お見事です！」

ＩＭＡＩさんもしっかりと司会を務める。一方、私は身体の震えが止まらない。能力者だと……。私の研究でも歯が立たないだと……。私は研究結果の欠陥を疑った。

私は顔を上げて、秋山桜に視線を送る。ちょうどこちらを見ていた秋山と目が合う。その時、秋山は間違いなく私に、ほほ笑みかけた。その後、

「たまたまですわ」

その一言だけマイク越しに残して消えていった。

あれは、たまたまなんかじゃない。一体どんな能力なんだ？　無能力の私では限界があるのか？

私は自分がスランプに陥ったことをいち早く理解していた。

STORY 7

タッグワイド戦

「これは大きい！　この大穴3頭を的中させるとは！　秋山選手すごいです！」

興奮した様子のＩＭＡＩさんの司会が、さく裂する。

本当に考えられないことだ。差し馬が有利なこの馬場のこの条件で、先頭3頭を選び、3頭全てが入着する。こんな展開はあり得るのか？　いや、100％起こり得ないわけではない。そういう大荒れの展開もあり得ないことはないだろう。しかし、たまたまにしては出来過ぎた結果だ。レースの予想を的中させることができるだと？これが能力者の力……？　「当てる君」ではわからなかったことだ。やはり何か超自然的な力が働いたのだ。そうとしか考えられない。私は、ぼうぜんとしながらそんなことばかり考えていた。

「本日のヴィーナス学園と寿高校のタッグワイド予想は終了です。第4ラウンドは明日、こちらの会場で引き続き開催されます」

ＩＭＡＩさんの番組終了のアナウンスとともに観客たちはスタジオを出ていった。隣のスタジオでも確か別校同士のタッグワイドが開催されていたはず。あっちの司会は、さなさんとありささんだ。なんだって仲が悪いあの二人をわざわざ組ませるのだろう？　プロデューサーも意地が悪い。そんなことを考えながら、私もまた隣のスタジオに足を運ぶ。

しかし、このビルは随分とまあ立派じゃないか。一体、何部屋のスタジオがあるんだろうか？　十分な数のスタジオはもちろん、それ以上に無数の楽屋も備えられているはずだ。

そのようなことを考えながら移動していると、とある楽屋の中から大きな怒鳴り声が聞こえてきたので驚いて立ち止まった。本来盗み聞きは良くないことなのだが、好奇心が上回った。耳をそば立て、意識をそちらへ向ける。乱暴な口調の女性が何やら怒っている。

「はぁ？　だから言ってるだろう。極御寺《ごくおんじ》にやれ！って言え……そう、アイツにやらせればいいんだよ。それだったら……は、いなくなるんだから、……がエヌフォーになるって仕掛けりゃいいんだ！　わかるだろ？　ちゃんと私の言ったとおりに動けばいいんだよ。わかったか⁉」

扉越しだから鮮明に聞き取れないが、何かのセリフの練習だろうか？　緊迫の演技だな。もちろんドラマの撮影なども行っているのだから、女優が楽屋を使用することだってあるだろう。私は、さなさんが司会を務めるタッグワイド戦のスタジオへ戻ることにした。スタジオ目前で扉が開き、学生らしき女子たちが、さざめきながらスタジオから出てくる。

そういえば、さなさんのスタジオで対戦していた学校は……。

今回、私は司会側ではないから客席側の入り口から入らなければ。私はバックヤードから客席側へ向かった。客席側に入ろうと扉を開けた瞬間、緊張が走る。視界に映る見知ったスーツの女性の姿。

海老沢先生だ！

私は無言で会釈して、すれ違いざまに中へ入る。私の背中を追いかける先生の視線を感じた。私は手頃なスタンドの空席に座る。

「それでは明日のプログラムの説明をいたします」

さなさんのハキハキとした声でアナウンスが行われる。

「明日は、大日学園と朱龍学園の第４戦と第５戦です。その後の勝利インタビューもお楽しみに！」

「引き続き、ＲＩＳＥのお二人、おんすろーと。さんと神谷あいさちゃんにもゲスト参加していただきます！　これは今日以上の盛り上がりになりそうですね⁉」

そんなありささんの質問に対してさなさんは、

「マスクマン……いや、ありさも結構いい予想してたじゃ〜ん！」

マスクマンというキラーワードにスタジオからは笑い声が漏れる。

全く、普段からありささんに対してそんな呼び方をしているから、本番でもポロッと出てしまうんですよ。

私は内心突っ込みながら司会進行を眺めていた。笑いもしっかりつかんでいるさなさんはさすがだなぁ。個人プロ予想団体「ＲＩＳＥ」。どんなやつらなんだろう。気になった私はゲスト席に目をやった。

「なに⁉」

そして、思わず驚愕の声を上げてしまう。そこにいたのは奇妙な二人組だった。一人は成人女性のようだが、もう一人の少女はどう見ても小学生、大目に見積もっても中学生あたりの子どもにしか見えない。さなさんの司会によると、恐らく成人女性がおんすろーと。さん。ならあの子どもが神谷あいさということか？

一体、ＲＩＳＥとはどのような団体なんだ？

そうこう考えているうちに本日の番組が終了した。私はスタジオから出て自動販売機に向かう。熱気に当てられて喉が渇いたので飲み物を買おうと思ったのだ。しかし、140円のペットボトルが異様に高く見える。節約生活をしている私は、近くのスーパーマーケットならこの銘柄のドリンクをわずか68円で購入できることを知っている。わざわざ倍の金額をはたいて買えというのか……？　非常に悩んでしまう選択だ。

楽屋に戻ろう、無料の水が用意されていたはず。

私はこうして地道な節約を重ね、投資の軍資金を増やしていったのだ。

そばから何やら話す声が聞こえ、目を向ける。あれは確か、寿高校の瀬川と葛西。私が司会を担当した回のタッグワイドの選手だ。話し相手は柱の陰で死角となり、見えない。教師にでも作戦を聞いているのだろうか。

しかしどんな対策を練ろうが、あの秋山相手ではかわいそうだが勝つのは難しいだろうな。

私はそう思い、自分の楽屋へ戻るために歩き出した。早く水が飲みたかった。その時、スマートフォンから着信音が鳴り出した。メッセージだ。なになに？

［まーな、楽屋で待っているから戻ってきて。さな］

何だろう？　私がメッセージを読んでいる間に背後から足音と話し声が近づく。私を追い越した二人組には見覚えがあった。あの後ろ姿は瀬川と葛西。話が終わったのかな。彼女たちの背中を追いかけるように歩いているから、どうしても二人の話し声が耳に入る。

「ねぇ、どう思う？　本当にあんな契約書にサインしてよかったのかな？」

「10万円だよ、10万円！　大金だよね。でもRISEって言ってたし、凄腕個人予想の有名プロでしょ。あの人の予想だったら、絶対大丈夫だって！」

「だから教えてもらった3頭を私とあなたで同じ番号を書いておけば、重複！　的中！　一発逆転！　もあり得るって！」

「本当かな……なんか心配」

「でも、もう選択肢なんてないじゃない。この一発勝負に賭けるしかないよ。私たちは学校の看板を背負って来てるんだし、ここでアッサリ敗退するわけにもいかないよ！」

「そうだよね。でも10万円……高いよぉ……」

「高いけど仕方ないって！　もうこれはメンツの問題だよ。バイトでも何でもして、なんとか稼がなきゃね」

そんな二人の会話が耳に入ってくる。生徒からお金を取るなんて、なんたるあくどい商売だ。

「まあでも、もし予想が外れたらお金払わなくていいんだし」

「とはいえ、外れってことは結局私たち負けちゃうってことだからね。もし当たってたらどうする？　当たってたら逆転できるんだし！」

「でも10万円だよぉ、結構キツいなあ……」

一体どんなやつが女子高生からお金を搾取しようとしてるんだ？　だんだん腹が立ってきた私は踵《きびす》を返した。彼女たちが先ほどまで話していた相手を突き止めるために小走りに廊下を駆ける。しかし、取引相手だと思われる人物の姿はすでになかった。

「遅かったか……」

私はトボトボと楽屋へ戻った。

「まーな、遅〜い！」

さなさんが抱きついてくる。私は先ほどの出来事をさなさんに打ち明けた。

「何それぇ！　ＲＩＳＥにそんなメンバーいないし！　偽物だよ！」

さなさんは興奮気味に反応する。

「でも、明日の結果を見てみないと何とも言えないですよね」

「それはそうだけど……。どんなやつか知らないけどＲＩＳＥのメンバーのフリをして悪事を働くだなんて、あたし許せない！」

さなさんの激おこがピークに達したことを察した私は話題をそらす。

「そういえばさなさん、株の方は最近どうですか？」

さなさんの大好きな株の話だ。急に話題が変わり、打って変わって冷静さを取り戻すさなさん。

「あたしはいたって横ばいだよ！」

「横ばい……」

思わず復唱してしまう。

「あんたは最近どうなの？　金回りもいいから、おいしいものでも食べてるの？」

「いえいえ、生活水準は変えないようにしています。一度生活水準を上げてしまうと下げることもできないですし、株主優待関係も最近もらえるようになってきたのでその優待分のまた半分を貯金して軍資金に回すようにしています。それの繰り返しですよ」

「偉い！　ちゃんと自分のルールに従って反復できるなんてすごいじゃん！　私の言ってたとおり、あっという間に『億り人』になっちゃうね！」

「そんなすぐになれるわけないですよ！」

「でもスキャルピングとデイトレ始めたんだったら、可能性は大いにあるよ！」

なんでさなさんはこんなに自信満々なんだろう？

「そういえば、まーなもそこそこ軍資金たまってきたんじゃないの？」

「そうですね。ある程度は貯金してますけど……」

「すごいじゃん、初めは全くの一文なしだったのにね。どうやったの？」

「買うお弁当や食材関係は半額、少なくとも割引の物を選んでます。そして定価で買ったつもりになって定価の半額のさらに半額分を貯金して、それを軍資金に回したって感じです」

「チリツモの節約家だね！」

「でもこうでもしないとお金ってたまらないですから……」

そんな会話をしていた時に、突然楽屋の扉が開いた。立っていたのは海老沢先生だ。何で楽屋に来たんだろう？　そうは思ったけれど、私が海老沢先生に話しかける前にＩＭＡＩさんが声をかけてきた。

「まーな、撮影ラストになんか複雑な顔してたじゃない。どうしたの？」

「いえ、どうしても秋山の的中が信じられなくて……」

「まーな！　意外とあり得るって！　私だって高知ファイナルで3頭選択で大穴3頭きたことだってあるんだから！　3頭予想で万馬券取ることだって起こり得るんだから、まぐれまぐれ」

私にはとてもまぐれだとは思えなかった。

「でもそういえばヨウゲン……ナントカカントカってなんか言ってたよね」

「そうそれなんです！　きっと能力者！」

その能力者という言葉を発した瞬間、さなさんの眉がピクリと動いたのを私は見過ごさなかった。

「いや、超能力なんてないって！　それこそあり得ないってば！　目立つ演出がうまいだけの手品師に決まってるよぉ！！！」

さなさんのことを本当に信じていいのかわからなかった。そんなさなさんは楽屋に入ってきた海老沢先生と話し始める。

「さな、久しぶりね！」

わわ。私が『まーな』だなんてふざけた名前でアイドル活動してるだなんて、絶対に先生に知られたくない！　私は先生に気づかれないように、そっと背中を向けて顔を覆った。

「なんか今年のお座敷学園、ハチャメチャ絶好調らしいじゃん？」

さなさんが先生に問いかける。先生は自信ありげに答える。

「今年の子たちはすっごい快進撃よ。私が果たせなかった夢を叶えてくれるんじゃないのかなって、とってもワクワクしてる」

先生とさなさんの会話が弾む。その時、先生が一言私に言葉を投げかけた。

「そうだよな、武里！」

私は驚いた顔で先生を見る。先生は私に近寄ってくる。

「私、びっくりしたよ。陰キャなあんたがアイドルやってるなんてね。まあ、たぶん絶対守りたい秘密だろうし、別に言いふらす気はないけど」

「先生、どうして私だってわかったんですか？」

「教え子だぞ！　わかるに決まってるだろ。陰キャなキャラ付けのあんたがまさかとは思ったけどな！」

さなさんが会話に入ってくる。

「せっかくまーなもいることだし、お座敷学園のメンバーをゲストに呼んで番組作ったら面白いかも。まーなと鉢合わせした時の顔、絶対笑えるよ」

「さな！　あんた性格悪いよそれ」

「それは冗談だけどさ、お座敷学園の生徒呼んで番組するんだったら、番組名をお座敷チャンネルとかにしたらどう？　冴子の学校の宣伝にもなるじゃん！」

盛り上がった２人は話しながら楽屋を出ていった。

海老沢先生とさなさんが知り合いだという事実に驚いてしまった。世間は本当に狭いものだ。

「さっきの人、まーなの学校の先生？」

ＩＭＡＩさんが不思議そうに問いかけてくる

「はい、担任の先生です」

「そうなんだ……」

ＩＭＡＩさんがそう呟いた時、スマートフォンのアラートが鳴った。ＭＡＣＤがシグナルを表示している。これはトレンドの変化。「株る君」にアラート機能を付けてから、私は定期価格に上昇する銘柄を効率的に選定できるようになっていた。

私はさなさんが教えてくれたとおりキャピタルゲインの利益の半分を毎月分配型の投資信託や高配当銘柄に投資して、残りのお金でしっかりとキャピタルを狙う投資スタイルを築き上げて着実に軍資金を増やしていった。もちろん並行してインカムゲイン（配当金）も増え、毎月2万円から3万円の配当金がもらえるようになっていた。

私はその配当金で生活するようになり、今ではAlisa projectの給料は全て「株る君」の軍資金に充てている。なんだかどんどん軍資金が増えていっている。

「株る君」は第一段階としての完成に近づきつつあった。「株る君」の自動売買ツールを開発してからの半年余りで、初め30万円だった軍資金が今では500万円近くに増えていた。

もちろん投資に絶対はない。しかしこの株式投資での実績を考えると、資産運用が安易なものであると錯覚を起こしてしまうほどに順調だった。

「ＩＭＡＩさん、明日の寿高校とヴィーナス学園の対決は寿高校に勝算あると思いますか？」

「私は難しいと思うな……。桜ちゃんの能力がどんな能力なのかまだわからないけど、すごい確率で的中してるからね。仮に悪いやつが言ってる予想が当たったとしても、ダブル的中ボーナス5倍が入ったうえで2連チャンで当てないと逆転なんて到底無理だし……でも2連チャンだった場合ってすごいポイントになるはずだから確かに勝敗はわからないよね。悪いやつが言ってることが本当で、重複的中繰り返されたらさすがの桜ちゃんもヤバいかもね……」

ＩＭＡＩさんはヴィーナス学園にだいぶ期待しているようだ。ＩＭＡＩさん、彼女の能力のことをどれだけ知っているのだろうか？

「まーな！　明日に備えて帰ろうよ！」

私が口を開く前にＩＭＡＩさんはそう声を上げると、私の手をつかんでさっさと帰路についてしまった。

翌朝、少し早く楽屋についた私は今日のタッグワイドの点数を確認した。試しにシミュレーションをしてみようじゃないか。

どれどれ、点数の差はどうなっているのだろう。

ワイドボックスのオッズが平均５倍として、それに重複ボーナス５倍が加算されるとすれば、３頭重複的中合計１５００点。さらに重複ボーナス５倍がつくと７５００点獲得となる。仮に秋山もボックスを的中させたとして１５００点、１ラウンドで６０００点追いつく計算。となると２ラウンドで１２０００点稼ぐとなると……１０４００点の差もすぐに追いつけるってわけだな……。ＩＭＡＩさんの言うとおり、５倍の配当がつくケースがあれば秋山の勝利も危うい。

そんなことを考えているうちに、番組の時間が迫ってきた。

「まーな！　おはよう。今日の結果、どうなるか楽しみだね！」

ＩＭＡＩさんが楽屋に入ってくる。

「はい、すごく興味深いです。」

ＩＭＡＩさんは元気よくこんなことを言った。

「寿高校、まったく当たらなかったりしてね！」

確かに、そのケースもある。あの予想がハッタリである可能性もある。

スタジオの席につき、いざ番組が始まった！　司会はＩＭＡＩさんだ。

「それではヴィーナス学園と寿高校の４ラウンドです。お題レースはＮＥＯ益田競馬場４レース中央地方交流チャレンジ３歳です。12頭となりますので、前回よりも難易度は上がっております。それでは両学校とも、昨日に引き続きシートに有力馬の記載をお願いいたします。もちろん、相談はナシです」

数分がたち、回答タイムを迎えた。

「それではヴィーナス学園の回答から。結野選手から発表します。１、６、８です」

続いてＩＭＡＩさんは秋山に視線を投げる。

「続いて、連勝が気になる秋山選手の回答です！　８、11、12です」

私は寿高校の二人に目をやる。

まさか８、11、12ではあるまい。そんなことになったら、悪夢のシミュレーションどおりじゃないか……。

「ヴィーナス学園はワイドボックス１、６、８、11、12の５頭と広く網を張りました」

ＩＭＡＩさんのコメントの後、会場からは拍手が沸き起こった。

「続きまして寿高校の発表です。まずは瀬川選手は、８、11、12です。おっと、これは秋山選手とかぶった！」

客席では歓声が上がっている。私は運命を分かつ双方の選択馬発表に固唾《かたず》をのんだ。

「続きまして葛西選手の発表です。同じく８、11、12です。これは奇跡です！」

会場は万雷の拍手で包まれた。

こ、これでは全くもって悪夢のシミュレーションどおり……。

私は呆然と正面の大きなスクリーンで流れるレース映像を眺めていた。ファンファーレが鳴り響き、ゲートインが終了する。そして、いよいよ始まったレースは至って平凡だった。そして、結果は予想どおりだった。１着12番、２着８番、３着11番……。

「これは両校的中ですが、重複ボーナスが大きいです。寿高校一気に追い上げ馬券が決まりました！」

ＩＭＡＩさんの司会で大盛り上がりの会場。私はあっけに取られるしかなかった。

「これはすごいことになってきました。次にボーナス得点が入れば逆転の目も出てきました！」

寿高校の二人は祈るように抱き合っている。

「ただ今の払い戻しが確定しました……」

ＩＭＡＩさんの解説によると、

12－8　5・3倍

8－11　3・6倍

12－11　4・2倍

というオッズが確定。それによりヴィーナス学園は秋山の単独的中による１３１０点を獲得。それに対し、寿高校は5倍ボーナスがつき６５５０点の獲得となる。元々の１０４００点差という大差から５１６０点差にまで追いついた。５２４０点も追い上げたのだから、次のラウンドで寿高校の勝ちの目も確かにあり得る。私は寿高校の逆転劇を予感していた。

本当に的中するものなのだ。能力者の予想というものは恐ろしい。しかし、秋山も確実に当ててきている。最後のラウンドが最終勝負となるだろう。もし寿高校がボーナスポイントを得て的中させたら……寿高校の勝ちになる。秋山は敗北となるのか。

会場は非常に盛り上がっていた。いよいよ最終決着となるラウンドの予想発表が始まった。

「泣いても笑っても最終勝負！　まずは寿高校の発表です」

後ろの席の男性客がヤジを飛ばす。

「寿高校、頑張って逆転しろよ！」

司会のＩＭＡＩさんが予想馬を発表する。

「瀬川選手は、１番、４番、10番です。」

少し間を置き、次の発表をするＩＭＡＩさん。

「葛西選手の推薦馬は10番、１番、４番。またまたかぶりました！」

拍手がスタジオに巻き起こる。

もしも秋山の予想が同じなら、ここで勝敗を決してゲームは終了する。ヴィーナス学園の負けだ。

ついに、秋山桜の予想馬発表の時が来た。

「それでは対するヴィーナス学園、秋山選手の予想馬発表です」

私は生唾を飲み込んだ。

「1番、4番、10番！　これまたかぶりました。白熱する予想大会となっています！」

ＩＭＡＩさんの熱気ある司会がどこか遠くに聞こえた。

ヴィーナスの負けだ……。秋山が敗北する姿なんて、見たくない……。

私はきっと、心の奥底ではそう思っていた。

秋山の選ぶ3頭で勝負は決まるはず。そして、その3頭には寿高校も乗っかっている。重複ボーナスで試合は寿高校の勝利で決定だ。

そう思い、私は改めて秋山桜を眺めた。秋山の茶色い瞳と目が合う。彼女はいつものクールな表情を崩さない。

秋山は今、この状況をどう思っているんだろう？　勝敗のかかった大舞台なのに顔色一つ変えないで、なぜそこまでアイツは平常心でいられるんだ？

私は彼女に魅入られるばかりだった。ＩＭＡＩさんの司会の声が耳に飛び込んでくる。

「それではヴィーナス学園、結野選手の予想馬発表です」

私は猫耳の少女に視線を向ける。結野は頭の後ろで腕を組み、余裕の表情だ。

なぜだ？

「８番、１番、４番が推奨馬となります」

客席から歓声が上がった。秋山が外して、結野が的中することなどありえない。私はそう信じ切っていた。

「これは、１番と４番が秋山選手と重複しました。ヴィーナス学園も重複ボーナスのチャンスありです！」

ＩＭＡＩさんの声に私は一気に前のめりでスクリーンに食いつく。まさか、結野が秋山にかぶせてくるなんて！　この展開は予想していなかった。

「桜しゃん、本命３頭は面白くないにゃん！　穴馬の逃げ８番が面白いにゃん！」

結野のコメントがマイクを通してスタジオへ流れる。客席後方の男性客が感心したように声を上げた。

「そうだ！　穴馬の逃げだ！」

私は何をつまらないことばかり考えていたんだろう……。人間は熱中すると一つの思考にとらわれ、視野が狭くなりがちだ。私は自分自身の甘さを痛感した。

レースはもちろん１番、４番、10番の３頭で決着した。結野の選択した８番は最終の直線で逃げ切れず、５着敗退となった。しかし、そんなことはもうどうでもよかった。

なぜもっと早くに気づかなかったのだろう。あの猫娘、なかなか頭が切れるじゃないか。そして、秋山のあの冷静さ……。

私はカメラが止まるやいなや、秋山の元へ駆け寄った。

「秋山。私と目が合った時、君は勝利を確信していた。だからなのか？　だから、焦る表情を見せなかったというわけなのか？」

秋山は憮然とした顔を見せた。

「何をおっしゃっているのかわかりませんわね。勝負ごとにおいて気を抜くなど、相手にご無礼なことは致しませんわ」

私と秋山の会話を聞いていた結野が会話に割って入ってきた。

「あのレースが5ラウンドになったのがついてないにゃ！　そもそも相手のチームもあのオッズの3頭では当たっても逆転できにゃいのに、なんで選んできたのかわからないにゃ！　外れてもいいから高配当を狙わないと、逆転は無理だったにゃ！」

結野のコメントが全てだった。そのとおり、的中させることに集中しすぎて私はオッズのことまで計算できていなかった。これでは的中させたとしても、逆転はできなかっただろう。この事実に試合中に気づける余裕の有無で勝ち負けは変わるものだ。ただ、予想を売っていたやつの予想が的中していたのもまた事実だ。

犯人を追わなければ……。

「ごめんなさい。勝利、おめでとうございます」

私はヴィーナス学園の二人にそう告げると楽屋に戻った。

私は楽屋に戻るとＩＭＡＩさんとさなさんに今日の出来事を洗いざらい話した。そして犯人を捜したいと相談した。

「そういえば、あたしが楽屋に戻ってくる時に黒いスーツの男とすれ違ったんだよね。どこの楽屋から出てきたかわかんないけど、もしかしたらそいつが寿に予想を売ってたやつかな？　俳優か何かかと思ってた」

「さなさん、そいつだよ、絶対そいつ！　何分ぐらい前の話ですか？」

私は興奮を隠せない。

「えーと、５分前ぐらいかな？」

「ちょっと待ってください。確か廊下にカメラがあるので、ちょっと録画を見てみます」

私の言葉にさなさんは驚いたようだ。

「録画？　どういうこと？」

「ちょっと集中するので、話しかけないでください。すみません」

私はそう断ってキーボードをたたき始めた。モニターをさなさんとＩＭＡＩさんが後ろからのぞき込む。

「あ！　こいつだ！　見つけた！」

ウェブカメラをパソコンとリンクさせ、映像をさなさんたちに示した。

「まーな。これって俗にいうハッキングってやつ？」

「そういう言い方はやめてもらえますか？　録画内容の確認をするだけですよ」

録画に映った黒スーツの男をＡＩに学習させ、最寄りのＩＰ内の防犯カメラデータにアクセスする。そしてそのＩＰの録画内容を順次確認していく。犯人の移動経路が徐々にわかってきた。

「これたぶん、駅に向かってますね！」

さなさんとＩＭＡＩさんはあぜんとしている。

「まーな！　す、すごすぎる。そんなことできるの!?」

駅に設置されている防犯カメラのデータにアクセスしようとしたその時、画面にメッセージが表示された。

〖何者か知らないが、深追いとは何のつもりだ？　警察ではないようだが、命が惜しければバカなまねはやめることだな。こちらはお前の居場所が特定できている〗

そのメッセージをクリックした途端、強制的に接続を切断されてしまった。

「まーな、大丈夫なの？」

ＩＭＡＩさんが不安そうに話しかけてくる。

「大丈夫です。もしかしてと思って、向かいのネットカフェのフリーＷｉ－Ｆｉを利用していたので特定はされていないはずです。フリーだけに、相手も簡単に入ってきたってわけですね」

「何それ？　よくわかんないんだけど……」

ＩＭＡＩさんは混乱しているようだ。

「要はこちらが追跡していたのがバレて、向こうが私を逆探知して妨害したんです」

こういうことをされると、逆に燃えてしまう。私は腕まくりをした。

「ちょっと場所を変えて、安全な場所からまた調べてみることにします」

さなさんが私の手をぎゅっと握りしめた。なんだなんだ。

「まーな、これ以上はやめなさい！」

なんと、あのさなさんが真剣なまなざしで説得してくる。そしてしばし無言になった後、さなさんは重々しく口を開いた。

「あなたがそこまで言うなら仕方ないわ。……ついてきて」

私は一言も発していないのだけれど。ただ、諦めたくないと思っていたのは確かだ。もしかして、さなさんの能力って『テレパシー』？

「まーな、すごいよ！ ハッキングができちゃうなんて。これは世界平和のために役に立つ力だと思う。いい人を紹介してあげるから、ついておいで」

さなさんに連れられて会社を出ると、さなさんはタクシーを止めて乗り込んだ。そして20分間、いや、30分ほど走っただろうか？ タクシーはとあるビルに到着した。降車したさなさんがカードキーをかざすと、扉が開く。そしてテンキーを入力すると、エレベーターが私たちを迎え入れた。

さなさんはなんでこんな場所を知っていて、暗証番号まで知ってるんだろう？ やっぱり、この人ただものじゃないな。

私はそう思いながらも、さなさんについて行くより他なかった。エレベーターを出て廊下を進むと、突き当たりにある扉が目に入る。もちろん両サイドにも部屋はあるが……、なぜか正面の扉に心惹かれた。さなさんがノックをすると、オートロックなのか自動的にドアが開いた。『会議室』と書かれたその部屋に入室する。すると、部屋の奥に設置されている玉座と、そこに座っている人物が目に入った。玉座の人物は凛とした声でさなさんに話しかけた。

「ご苦労さま」

さなさんはうなずき、なんと私を置いて部屋から出て行こうとするではないか。

「さなさん待って！　こんな所に私を置いていかないでくださいよ！」

私は慌てて、さなさんに縋《すが》りついた。

「大丈夫！　あんたの能力は世界平和のために役立つんだから！」

「何言ってるかわからないです！　映画の撮影ですか？　ドッキリ？　もしかして、ドッキリってやつ？」

全くもって状況が把握できない。なにこれ？

「あたしは部屋の外で待ってるからね」

そう言うと、さなさんは部屋から出て行った。

「そんなに怖がらないで！　話をしようじゃないか、武里」

玉座の人物は足を組んだまま私に話しかけてくる。

「あなたのことはわかっていますよ」

私は強がりを言ってみる。彼女はどうやら女性のようだが、マスクをかぶっているので顔がわからない。そして、声もマスクごしに話しているせいか聞き取りにくい。

いや。違う。これは……ボイスチェンジャーで声を変えているんじゃないか？

玉座の人物は腕を組んで立ち上がった。

「武里よ、お前の力が必要だ。そのハッキング能力を貸してくれないか？」

私はＬＥＤコンタクトを起動した。

「あなた……人間じゃありませんね！　非常に高性能ですね。人間にしか見えませんよ」

私の言葉に目の前の人物は拍手した。

「さすが、合格だ！　一昔前、ＶＴｕｂｅｒという３Ｄ映像がはやったものだ。それと同じ原理だよ」

「実体があるように見えているけれど、ただのバーチャルということですね。現実のあなたは違う場所から私に話しかけているんですね！」

「素晴らしい。優等生だな」

「どうして先生はこんなことをしているのですか？」

私が質問すると、一瞬時が止まったように間が空いた。

「先生？　何のことかな？」

私はポケットからスマートフォンを出した。そしてアプリを立ち上げる。

「音声反響、サーモレベル、電波の動きから見ると……先生、あなたは近くの部屋にいますね！　私のいる両隣の部屋のどちらか。もしくは、隣の隣の部屋辺りかどこかにいるんですよね。そして天井のカメラから私を見て……いや、違う。いま私の目の前に映し出されている、まるで人間のような３Ｄの映像。この人物の視界を通して、私のことを遠隔で見て、そして話しかけている。間違いありませんですね！」

「ほお！　素晴らしい、さすが天才だな。そこまでわかるとは！　お前のスマホには何が映っているんだ？」

「秘密です。秘密を教えてほしいなら、先生も秘密を打ち明けてくれないと。あなたの目的は何ですか？」

先生は答えない。私はさらに言葉を続ける。

「もちろん、本当のことは教えてくれないでしょうね！　私はボイスチェンジャー越しでも声質、話し方から人物をある程度特定できるんです」

「お前、そんな開発をして一体何になる？」

「いつも言ってますけど。私はただ気になったことを研究するのが趣味なだけ、特に何も考えていません」

そう言い切った後、すぐに部屋の扉が開いた。さなさんと、もう一人小柄の女性が……あれは……おんすろーと。？　どういうことだ？

私は必死に考える。そして一つの解にたどり着き、思わず呟いた。

「や、やられた………」

「そういうこと！ あなたの頭脳はＲＩＳＥに必要。力を貸してほしい」

おんすろーと。が話しかけてくる。いやが応でも私の好奇心が刺激される。

「私にもその技術を教えてほしい。実際の人間、いや、バーチャルな人間を作り出す技術を……」

「まーな！ あなたならもっとすごい研究ができるはず。協力してみてもいいんじゃないの？ あたしにできるのはここまで！ じゃあ、後はおんちゃんと話してね！」

私は晴れ晴れとした気分だった。これで私の研究もさらに進展するだろう。おんすろーと。は、数々の話を教えてくれた。

人間、一人でできることには限界がある。でも、仲間と力を合わせれば限界を超える活路が開ける。そのことを教えられた日だった。

おんすろーと。は、ＲＩＳＥという組織が作り出したバーチャル人間生成器を活用し、思いのままに私の心を躍らせたのだ。あえて海老沢先生という身近な人間のデータを使い、あたかも先生が黒幕であるかのように仕立て上げた。完全に私は乗せられてしまったのだ。そのうえ、私自身の研究の手の内まで見せてしまった……。

それでも後悔はない。ＲＩＳＥに加入するかどうかはさておき、私はさらに研究を進めていく。この研究が成功した暁には、町ですれ違う人々が本物かどうかもきっとわからなくなるだろう。ＡＩ技術はすぐそこまで来ている。

コンピューターに支配されないよう、私は私の研究を追求していく。

STAFF

原　　作　中原　牧人

イラスト　中井なまず

イラスト　六華院　零

編集・構成　きさいち、神宮まりあ

SPECIAL THANKS

中原ことり　さな（早坂早苗）

りあ　IMAI

まーな　山口亜子

兎鉄たまき　おんすろーと。

神谷あいさ　一ノ瀬夢杏

ターフのカノジョ 武里《たけざと》真愛《まな》編《へん》
～紅《あか》い未来《みらい》～

2024年12月24日 初版第1刷発行

著 者――中原牧人
発行人――坂本圭一朗
発行所――リーブル出版
〒780-8040
高知市神田2126-1
TEL088-837-1250

装 幀――島村 学
印刷・製本――株式会社リーブル

ISBN 978-4-86338-426-2